KB266778

빗물과 당신

서울대 빗물연구소 한무영, 그가 밝히는 빗물의 행복한 부활

빗물과 당신

한무영·강창래 지음

앨마

빗물이 당신의 생명이다

나는 평생 물에 대해 연구했다. 그러다 보니 물은 공학의 대상일 뿐만 아니라 이학, 농학, 철학, 인문학, 종교, 문학, 사회학 등 모든 분야에 걸쳐 있는 문제라는 사실을 알게 되었다. 물이 포함된 낱말만 해도 수백 개가 된다. 이런 사실만 봐도 물은 사람의 생명뿐 아니라 정치, 경제, 문화와도 깊은 관련이 있음을 쉬이 알 수 있다.

그 옛날, 사람들은 자기가 마시는 물이 어디서 온 물인지 알고 마셨다. 직접 구해서 마셨기 때문이다. 물론 빗물도 받아 마셨다. 근대화가 시작되면서부터 사람들은 집 안의 수도꼭지에서 물을 얻게 되었다. 그러면서 서서히 자신이 마시는 물이 어디서 시작되어 어디를 거쳐서 오는지 잊기 시작했다. 이제는 그저 수도꼭지에서 물이 나오는 줄 안다.

수도꼭지에서 나오는 물은 대개 강물이나 댐물과 같은 지표수에서 온다. 사실 지표수에는 흙탕물이나 각종 오폐수가 섞여 들 수 있다. 게다가 멀리서 가져오기 때문에 운반비용도 엄청나다. 낡은 수도관도 문제다. 반면 지하수에는 중금속이나 오염물질이 섞여 들기도 한다. 근래에는 구제역 때문에 수많은 가축을 살처분했다. 살처분된 가축을 땅에 파묻은 지역에서는 지하수에서 역한 냄새가 나서 마시기는커녕 어디에도 사용할 수 없는 물이 되었다고 한다. 부산에서는 해수를 담수로 만들어 쓰는 것을 고려한 적도 있다. 그러나 해수를 담수화하는 데는 막대한 처리비용이 든다.

그런데 그동안 전문가들이 생각지 못했던 물이 있다. 바로 빗물이다. 빗물은 언제나 충분하게 많을 뿐 아니라 더없이 깨끗하다. 운반할 필요도 없고 아주 간단하게 정수해서 쓸 수 있다. 좀 거칠게 말하면 그저 잘 받아서 쓰기만 하면 된다. 비가 적게 올 때는 비가 많이 올 때 받아서 저장해두었던 물을 꺼내 쓰면 된다. 이렇게 간단하고 좋은 방법이 왜 그동안 외면받아왔을까? 아마 너무나 간단하고 누구나 할 수 있는 일이어서 사업의 대상이 될 수 없었기 때문이 아닌가 싶다.

오늘날 세계는 물 부족, 아니 물의 위기에 부딪혔다. 이런 상황에서 학자들은 이 문제를 해결할 실마리를 찾기 위해 노력하고 있다. 수처리 분야에서 뛰어난 논문을 발표했던 한무영 교수는 빗물을 주목했고, 빗물을 통해 지구의 물 문제를 해결할 수 있는 실마리를 제공했다. 지난 10년 동안 그는 꾸준히 빗물을 연구했고, 그 연구 결과를 현실에 적용했다. 그의 성공은 국제물학회(IWA, International Water Association)의 2010년 12월호 국제물학회지를 보면 확인할 수 있다. 〈빗물 관리: 한국이 선도한다〉라는 제목의 기사를 읽어보면 세계의 수자원 전문가들이 한무영의 '빗물'을 칭찬하고 있다.

　나는 지난해 12월 독일로 가는 비행기에서 이 책의 원고를 읽었다. 자칫 딱딱하고 어려울 수 있는 물 문제에 대한 이야기가 쉽고 재미있게 쓰였다. 빗물은 누구에게나 내린다. 그 물은 모든 생명의 근원이며, 당신의 생명이기도 하다. 이 책을 통해 빗물에 대한 편견에서 벗어나기를 바라며, 빗물 세계의 경이로움을 체험할 수 있기를 바란다.

박중현

대한민국학술원 회원, 서울대학교 건설환경공학부 명예교수

비雨 해피! 바이러스

로마식 물 관리의 교훈

하버드대학교 졸업식 식전 행사에서 학생 대표가 라틴어로 연설하는 장면을 본 적이 있다. 이 의식은 하버드대학교의 전통이다. 오랜 시간 이러한 전통이 지속되는 것을 보면서 미국인들이 여전히 로마를 동경하고 있다는 생각이 들었다. 물론 나도 그간 했던 공부를 통해 로마인들의 위대함에 충분히 공감하고 있다. 모든 길은 로마로 통한다든지, 멀리서 물을 끌어오는 수관교와 같은 대규모 시설물이나 건축물을 보고 나면 더더욱 그들의 문화에 빠져들게 된다.

그런데 물 관리를 연구하면서부터 이러한 믿음이 하나씩 깨져나가고 있다. 로마의 도시에 물을 공급한 수관교는 지속 가능한 시설물이 아니었다. 물 관리에 관한 한 지속 가능성을 생각하지 못한 로마인은 이 분야에서만큼은 그리 현명하지 못했다. 그럼에도 주어진 여건과 명령에 따라 최선을 다하고 기술과 예술을 조화시킨 그 시대의 토목기술자들은 여전히 위대하다.

토목은 사회 전체의 지속 가능성을 생각하고 그것을 실천할 수 있는 기술을 연구하는 분야다. 그 역할과 책무에는 당연히 윤리의식이 따른다. 말하자면 토목은 시민을 위한 학문인 것이다. 그런데 오늘날 한국 사회에서는 '토목마피아'라는 부정적인 이미지 때문에 토목기술자의 위치가 흔들리고 있다. 토목기술을 40년가량 공부한 사람으로서 마음이 불편하고 때론 아프다.

나를 일깨워준 고마운 빗물

토목을 공부하던 40대 후반에 앞으로의 향방에 대해 깊이 고민한 적이 있다. 실적평가에 대비해 별로 읽는 사람도 없는, 소위 SCI급 영어 논문 수를 늘리면서 인생을 허비할 건지, 그러한 노력이 국가와 사회에 어떠한 도움을 주는지, 남은 인생을 어떻게 하면 후회 없이 살건지, 일종의 회의 같은 것이 몰려왔다. 그러던 중, 2000년 봄에 전국적으로 심한 가뭄이 들었다. 세계 최고의 논문상도 받았지만 현실적으로 내가 할 수 있는 일은 아무것도 없었다. 내가 연구했던 수처리 기술은 물이 없는 상태에서는 무용지물이나 마찬가지였다.

나는 토목과에서 상하수도를 전공했다. 상하수도의 보급은 인류의 평균수명에 커다란 영향을 미쳤다. 통계치를 보면, 상하수도 보급 덕분에 인류의 평균수명이 30년 이상 늘어났다. 그 어떤 분야보

다도, 심지어 직접 인간의 생명을 구하는 의료 분야보다도 더 기여도가 높은 것으로 평가되었다. 그런 점을 높이 사 미국의 NSF(National Science Foundation, 국립과학재단)에서는 20세기 최고의 기술 가운데 하나로 상하수도를 꼽았다. 내게 상하수도는 그런 자부심을 갖게 해준 공부였다. 그럼에도 이제 현실은 물이 부족한 사회가 되었다. 그때 내 눈에 띈 책이 무라세 마코토村瀨誠 박사의 《빗물을 모아쓰는 방법을 알려드립니다やってみよう雨水利用》(그물코, 2004년)였다. 이 책에서 영감을 받은 나는 그때부터 전 세계 빗물 전문가들을 만나기 시작했다.

내 고민은 빗물이 중요하다면 어디에 가서 무엇을 공부하고 배워야 하는지였다. 일본에도 가보고, 독일에도 가봤지만 답을 찾을 수 없었다. 그들은 우리와 사정이 달랐고 바탕에 깔린 철학도 달랐다. 다시 한국으로 눈을 돌릴 수밖에 없었다. 그러던 어느 날, 고궁에 있는 연못에서, 행정단위를 나타내는 '동洞' 자에서 그 의미를 찾았다. 측우기의 발명과 강우 기록에서 기후변화에 대비한 빗물 관리법을 보았다. 대규모 시설물이 아니었다. 우리 조상들의 빗물 관리법은 민본사상에서부터 출발하고 있었다. 나는 논문 편 수나 맞추는 이기적인 공부가 아니라, 사람을 위한 공부가 어떤 건지를 어렴풋하게나마 알게 되었다.

지구를 살리는 빗물

빗물을 모아 보면 먼지나 이물질이 들어와 지저분해 보인다. 이 때문에 사람들은 빗물에 대한 그릇된 편견을 가진다. 하지만 이는 빗물 자체의 문제가 아니다. 그것은 내가 연구한 수처리 이론으로 모두 해결할 수 있다. 적절한 빗물 저장조의 설계 방법이나 유지관리 방법들로서 얼마든지 개선이 가능하다. 결론은 빗물을 깨끗하게 모아 잘 관리하면 많은 사람들에게 안전한 물을 공급할 수 있다는 것이다.

빗물에 대한 세간의 편견은 대단하다. 특히 정서적인 벽을 뛰어넘기가 만만찮다. 이론보다는 사람들을 설득하는 행동이 필요했다. 더러는 서울대학교 교수가 그런 일을 한다며, 비판도 받았다. 하지만 빗물이 나를 일깨워준 이상 포기할 수 없었다. 나는 2001년 이후 오로지 빗물 연구에만 매달렸다. 우리에게 너무나 익숙한 집중형 로마식 물 관리 시설에 대한 비판이 결국 내 삶의 목표까지 바꾸어놓았다.

2004년 빗물 관리 시설의 첫 번째 작품으로 스타시티에 3,000t짜리 빗물 시설을 만들었다. 이 시설 덕택에 하류에 사는 사람들은 홍수의 위험이 줄어들었고, 주민들은 물값을 내지 않고 생활용수를 쓰게 되었으며, 근처 지역에는 절로 비상용수가 확보되었다. 또한 염소가 섞이지 않은 물로 꽃과 풀, 나무에 물을 줄 수 있게 되어 벌과 나비까지 행복해졌다. 게다가 한강에서 물을 적게 끌어와도 되기 때문에 한강의 생태계에도 일조하고, 에너지 소비도 줄였으니 주민 모두가 행복해졌다. 2008년 국제물학회지인 〈Water21〉에서 이 시설을 '세계적인 미래형 물 관리의 모델'로 제시했다. 커버스토리가 나간 이후 전 세계에서 많은 전문가들이 스타시티를 방문하고 있다.

21세기에는 물로 인한 전쟁이 예상된다고들 한다. 그 해법은 의외로 간단하다. 대규모 시설이 아닌, 소규모 단위로 해결이 가능하다. 스타시티와 같이 새로 개발되는 작은 지구에서 물에 대한 갈등이 없어졌듯이, 그런 구역이 지역마다 도시마다 이뤄지면 전국 규모의 행복한 물 관리가 가능해진다. 지구 곳곳에서 이러한 방식으로 물 관리를 한다면 물로 인한 전쟁은 발생하지 않을 것이다. 이 책에는 작은 빗방울 하나로 '지구를 살리는 방법'에 대해 많은 사례와 의견이 제시되었다. 이는 상하류의 갈등과 자연과의 갈등, 그리고 미래 세대와의 갈등을 줄일 수 있는 빗물이 주는 커다란 선물이다.

내 휴대전화의 컬러링은 김건모의 〈빗속의 여인〉이다. 우리들의 변화로 지구를 살릴 수 있다. 빗물에 대한 사랑이 널리 퍼져 대대손손 이어지기를 희망한다.

당신의 80%는 빗물이다

1.

이어령은 수도꼭지를 예로 들어 인문학이란 무엇인가를 설명한 적이 있다. 이 이야기는 꽤 오래전에 있었던 일이다. 대만으로 건너간 중국 사람들이 우물을 찾았다. 그들은 도시의 수도 시설을 본 적이 없는 사람들이었다. 대만 사람이 수도꼭지를 가리켰다. 어리둥절해 하는 중국 사람들 앞에서 수도꼭지를 비틀자 물이 콸콸 쏟아졌다. 중국 사람들은 그날부터 수도꼭지를 사러 다녔다. 그런데 그들이 집으로 돌아가 수도꼭지를 비틀었지만 물은 나오지 않았다. 사기를 당했다고 생각한 이들은 물이 나오지 않는 수도꼭지를 팔았다며 수도꼭지를 산 곳에 가서 항의했다. 그제야 무슨 영문인지 알게 된 대만 사람이 상황을 설명해주었다. 수도꼭지에서 물이 나오려면 '눈에 보이지 않는 기반 시설'이 필요하고, 그 기반 시설에 연결되었을 때에만 수도꼭지는 제 역할을 한다. 그 기반 시설은 토목기술을 필요로 한다. 이어령은 이처럼 눈에는 보이지는 않지만 무척이나 중요한 기반 시설 같은 것이 인문학이라고 했다. 이런 인문학이 없다면 당장 써먹을 수 있는 생명의 물이 콸콸 쏟아질 수 없다는 것이다. 그럼에도 사람들이 인문학에 대해 관심이 없거나 잘 모르는 것은 눈에 보이지 않는 곳에서 제 역할을 하고 있기 때문이다. 결국 인문학이 죽는다면 우리가 일상생활에서 쓸 물을 얻지 못하는 것과 마찬가지인 상황이 발생할 것이다. 나는 인문학에 관심이 많고, 인터뷰이인 한무영은 이 이야기에서 개념의 등가물인 기반 시설을 가능케 하는 토목기술을 전공한 학자다. '착한' 인문학이나 토목기술은 이처럼 보이지 않는 곳에서 작동한다. 이 책은 그 둘이 만나 나눈 이야기다.

2.

내가 어릴 적만 해도 "비님이 오신다"는 말을 자주 들었다. 도시화가 되기 전이었기 때문에 비가 내리면 산과 들에 생명을 북돋우는 풍광을 쉬이 볼 수 있었다. 집에서는 빗물로 빨래를 하고, 머리도 감고, 때로는 식수로도 사용했다. 농부들에게는 아직도 빗물이 생명줄이지만 도시에서 살아가는 우리는 언제부턴가 빗물을 까맣게 잊어버렸다. 그저 우산을 챙겨야 하는 날쯤으로 여기거나, 기분에 영향을 미치는 요소쯤으로 생각한다. 도시화된 사고방식을 가진 우리는 그 옛날 중국 사람들처럼 수도꼭지 뒤의 기반 시설을 누가 어떤 식으로 만들었는지, 어떤 물이 어떤 과정을 거쳐 내 몸 안으로 스며드는지에 대해 알지 못한다. 그간 수돗물을 집 안까지 들어올 수 있게 만든 '전문가'들 손에 생명의 물을 맡긴 채 특별히 챙겨보지 않았다.

그런데 한국 사회에서 언젠가부터 물 전문가들이 주목을 받기 시작했다. 물이 부족하다는 뉴스를 통해 그들의 전문성에 대한 값어치 또한 높아졌다. 온 국토를 뒤집어엎은 토목공사를 시작으로 4대강사업도 활발히 진행 중이다. 대한민국은 물 부족 국가다, 이 말은 사실일까?

이 말에 대해 이 책의 인터뷰이인 서울대학교 한무영 교수는 단호히 "아니"라고 답한다. 사실 한국은 물 부족 국가가 아니다. 그의 말에 따르면 하늘이 준 선물인 빗물의 일부만 모아도, 댐 중심의 물 관리 방법을 조금만 바꿔도 펑펑 쓰고도 남을 정도의 물을 확보할 수 있다고 한다. 물이 부족해 온갖 문제를 겪고 있는 아프리카를 다녀온 그는 "그곳에서도 가장 깨끗한 물"은 하늘에서 내려오더라고 했다. 사막이 아니라면 빗물이 물 문제를 해결해준다는 것이 그의 결론이다. 한국 사회는 어떤가? 우리는 이 생명의 물, 빗물에 '산성비'라는 이름을 붙여 '죽음의 물'이라고도 한다.

3.

우리 몸의 80%는 물이 아니라, 빗물이다. 하늘로 올라가는 것은 순수한 물이고, 그것은 빗물이 된다. 빗물은 이 세상 모든 물의 기원이다. 깊은 산골에 흐르는 맑디맑은 그 물도 하늘에서 내린 빗물에서 시작된다. 하지만 우리는 오랫동안 빗물과 거리를 두고 살아왔다. 가장 큰 역할을 한 것은 아마도 '산성비 괴담'이 아닌가 싶다. 이 책에서는 산성비 괴담에 대해 알아보는 일부터 먼저 시작해보려 한다. '산성비 괴담'에 따르면 빗물은 생명을 죽이는 물이다. 그러나 이 이야기는 엄청난 모순을 품고 있다. 그래서 그 이야기를 좀 길게 다뤘다. 그래야 빗물과 관련된 다른 문제들을 제대로 말할 수 있기 때문이다. 그런 다음 '빗물과 당신'이 맺고 있는 관계에 대한 거의 모든 이야기를 정리했다.

이 이야기가 빗물이 되어 어디에나, 누구에게나 뿌려진다면 얼마나 좋을까. 당신과 빗물의 행복한 관계가 회복되길 바란다. 또한 우리 삶과 제도가 지속 가능한 형태로 바뀔 수 있는 힘을 얻게 되길 바란다.

차 례

당신에게
달려 있다!

당신에게 달려 있다!

> "공학자들이 강을 다스리려는 시도는 자연과 함께할 때, 자연의
> 요구에 순응할 때만 성공을 거둘 수 있습니다."
>
> —프레드 피어스, 《강의 죽음》에서

로마인 이야기

원고가 거의 끝나갈 때쯤이었다. 시오노 나나미가 쓴 《로마인 이야기》가 생각났다. 그 책에도 빗물 이야기가 있다. 한국어판 《로마인 이야기》 전 15권 가운데, 10권에 수도 이야기가 나온다. 그곳에 상수도와 하수도, 그리고 빗물 이야기가 있다.

로마인들은 상수도 시설보다 클로아카cloaca라는 하수도 시설을

먼저 만들었다고 한다. 많은 비가 내리더라도 저지대가 물에 잠기지 않도록 만들기 위한 장치였다. 그들의 이런 통찰력은 지금의 상식으로 바라봐도 매우 감탄스럽다. 도시에는 상수도 시설이 필수적이지만, 그 상수도 시설은 하수를 전제로 한다. 도시의 규모가 커지면 커질수록 하수 처리 문제가 심각해지기 때문이다. 이 하수 문제를 해결하는 것은 하수도가 아니라 하수처리장이다. 하수처리장에서 오염된 물을 '처리'하지 않으면 그게 어디로 가겠는가? 도시 변두리를 오염시켜 그곳에 사는 빈민들을 괴롭히고 강을 죽일 것이다. 그러나 고대 도시에서 하수처리장까지 기대할 수는 없다. 그렇게 보면 고대 도시에 설치된 상수도와 하수도 시설의 결말이 파국으로 치닫는 것은 예정된 수순인지도 모른다. 고대부터 수많은 도시가 생겼다가 사라진 배경에 혹시 오염된 하수 문제는 없었을까? 하수도를 열심히 건설했던 로마인들조차 하수가 도시를 오염시키는 사태를 막지 못했다. 하수가 쏟아져 나와 고이면 더러운 늪이 생겼고 모기가 많아졌다. 그 때문에 "말라리아가 맹위를 떨쳐 사람들이 가까이 가지 않게 된 마을이 드물지 않았다."(10권, 219쪽) 네로 황제의 스승이었고 철학자였던 세네카Seneca도 로마의 뒷골목이 너무나 더럽다고 한탄한 적이 있다.

초점은 조금 다르지만 《로마인 이야기》에도 로마제국의 멸망 원인이 상수도 시설 때문일지도 모른다는 이야기가 나온다. 상수도는 도시의 존재를 가능케 하는 시설이다. 그런데 바로 그 상수도 시설이 도시를 파멸시켰을지도 모른다는 것이다. 시오노 나나미는 그 이유 가운데 하나로 로마의 수도관 일부가 납으로 만들어졌음을 지적한다. "로마인은 비트루비우스가 말했듯이 납이 물에 녹았을 때 독성이 생긴다는 것을 알고 있었다."(10권, 272쪽) 그런데도 그들은 쉽게 구부릴 수 있다는 편리함 때문에 납으로 만들어진 관을 계속 사용했다. 그런 납관을 수도관으로 사용한 것이 로마제국 멸망의 한 원인이라는 것이다. 그러나 이런 설명은 석연치 않다. 로마인들이 자신들을 '독살'할 수도 있는 물이라는 걸 알면서도, 그리고 어쩌면 자신들이 죽어간다는 사실을 알면서도 계속 그 물을 먹었다는 말이 되기 때문이다. 시오노 나나미도 그 점에 대해서 설명한다. 로마인들은 '그래서' 물이 납관과 직접 닿는 기회를 줄이거나 없애려고 좁은 납관에서 물이 빨리 흐르도록 했다. 말하자면 납과 물이 닿는 시간을 줄인 것이다. 그리고 물에 함유된 석회가 납관에 달라붙어 마치 납관을 코팅하는 듯한 역할을 한다는 것도 알고 있었다. 게다가 로마 시대 사람들은 수도관만 '납'으로 만든 게 아니었다. 음식물을 담는 그릇도 납으로 만들어 썼고, 심지어는 포도주를 납 그릇에 담고 졸여서 감미료를 만들어 썼다고도 한다. 때로는 납을 먹기도 했다. 사실 모든 약은 독이고, 독은 약이다. 양의 문제일 뿐이다. 독살에 많이 쓰이는 그 지독한 비소As조차도 약으로 쓰이지 않는가. 만일 납의 독성이 로마를 멸망시켰다면 단지 수돗물만의 문제는 아니었을 거라는 이야기다.

　　한무영 교수는 좀 다른 시각에서 로마 시대의 수도가 제국의 멸망 원인이 될 수 있다고 말한 적이 있다.

"로마 시대에는 수돗물 공급을 위해 어처구니없을 만큼 먼 곳에서 물을 가져왔어요. 당시에는 동력이 없었기 때문에 단지 중력만으로 로마까지 물을 흐르게 만들어야 했습니다. 그들은 산을 뚫고 다리를 건너 수도관을 연결했어요. 그 기술은 감탄스럽습니다. 그 규모도 엄청났죠. 로마 시민 한 사람이 하루에 1,000ℓ를 써도 될 정도였으니까요. 현대인들의 경우, 많아야 300~400ℓ 정도 쓰는 것과 비교해 보면 얼마나 엄청난 규모였는지 짐작이 갈 겁니다. 그러나 그런 수도 시설은 로마의 약점이 될 수밖에 없었어요. 이 수로를 만들어 유지하고 외부의 공격으로부터 보호하려면 엄청난 비용이 필요했을 테니까요. 그 시대의 정치가와 군인들에게 가장 중요한 임무는 성城을 지키는 것보다 그 방대한 규모의 수로와 수원水源을 지키는 일이었을지 모릅니다. 전성기에는 별 문제가 되지 않았겠지만 쇠퇴기에 들어서는 큰 부담이 되었겠죠. 그래서 이것이 로마를 망하게 한 간접적인 원인이 되었다고 보는 학자도 있습니다."

혹시 로마 시대 수도관 사진을 보지 못해서 한무영 교수의 설명이 실감나지 않는다면 오른쪽의 사진을 보라. 다리처럼 생긴 저 건축물이 송수로 역할을 했다. 더 많은 이미지를 보고 싶다면 인터넷에서 검색해보기 바란다. 수도교, 수관교, 또는 aqueduct로 검색하면 찾아볼 수 있다.

로마 시대의 수도관은 지하와 지상에 건설했는데, 지하의 것들은 보기 어렵지만 지상의 수도관 건축물은 지금도 꽤 많이 남아 있다.

세고비아에 있는 로마 시대의 고가 수도교. 지금은 물이 흐르지 않는다. 그 이유는 여러 가지겠지만, 결국 이런 방식의 상수도 체계는 지속 가능한 방법이 아님을 보여주는 것이 아니겠는가. 이 사진은 1911년 브리태니커 백과사전에 실렸던 것이다. 저작권: public domain, 출처: 위키피디아, aqueduct

시오노 나나미는 이렇게 말한다. "고가 수도의 경우에는 로마 근교만이 아니라 님이나 세고비아나 카르타고에도 유명한 유적이 남아 있어서 2천 년이 지난 지금도 누구나 관광할 수 있다. 그것을 볼 때마다 단지 물을 안정적으로 공급하기 위해 이런 대규모 공사를 했나 하고 감탄하지만, 수원水源에서 사막을 지나 카르타고까지 이어져 있는 로마 시대의 고가 수도 유적을 봤을 때는 감탄하기보다 어이가 없었다."(10권, 226쪽, 방점은 인용자.)

로마제국은 토목국가였다. "모든 길은 로마로 통한다"는 말이 생겼을 정도로 로마는 엄청난 토목사업을 통해 만들어졌다. 오늘날에도 로마의 번영과 영광을 설명할 때 로마의 도시를 가능케 한 토목기술을 들먹인다. 그러나 한무영 교수는 로마제국의 '물 관리 방식'은 '지속 불가능한 방식'이라고 말한다.

"유럽에서 세미나를 할 때였어요. 제가 그렇게 말했죠. '로마의 멸망 원인은 지속 불가능한 물 관리 방법 때문이다.' 그랬더니 곧바로 술렁거리더라고요. 그렇지만 제 설명을 다 듣고 나서는 수긍했습니다."

잘 생각해보면 오늘날 우리의 수도 시설은 로마 시대의 그것과 비슷하다. 먼 곳에서 가져온 수돗물이 우리 생활의 바탕이 되지만, 상수도 시설은 대개 지하에 있어서 보이지 않을 뿐이다. 한무영 교수는 지금 우리의 상수도 시설 역시 지속 불가능한 방식이라고 말한다.

그 상수도의 한쪽 끝에는 대개 댐이 있다. 댐은 인류가 만든 거대한 시설 가운데 하나다. 오늘날 지구상에 있는 수만 개의 댐은 거의가 최근 100년 정도 되는 기간 동안 만들어진 것이다. 대형 댐들은 대개 1950년대 이후에 건설되었다. 이렇게 역사가 짧다는 사실은 댐이 정말로 '좋은 것'인지 평가하는 기간도 제대로 거치지 않은 상태에서 계속 건설되었음을 말해준다. 대다수 한국의 전문가들은 대형 댐이 마치 물 문제 해결사인 것처럼 말하지만, 세계댐위원회에서는 매우 비판적인 댐 보고서를 발표한 적이 있다. 그 보고서에는 '어처구니없는 대형 댐' 이야기가 나온다. 자세한 이야기는 뒤에서 다루겠지만, 그 어이없음의 정도는 시오노 나나미가 본 로마의 고가 수도와 꽤 비슷하다.

《로마인 이야기》 10권에 나오는 로마의 수도 이야기는 그 분량이 그렇게 길지 않았다. 그러나 한무영 교수가 설명해준 이야기들이 떠오르며 자꾸만 겹쳐지는 바람에 한참 동안을 들고 있었다.

"댐과 같은 중앙집중식 물 관리 방식에는 다섯 가지 큰 약점이 있습니다. 첫째, 인구가 늘어나면 늘 더 많은 댐이 필요해집니다. 그러나 끊임없이 만들 수는 없습니다. 둘째, 아무리 잘 만든 댐이라고 해도 세월이 지나면 붕괴됩니다. 사용하는 동안에도 유지비가 많이 들지만 붕괴될 때를 생각하면 얼마나 엄청난 일이 일어날지 상상하기도 힘듭니다. 셋째, 수질 관리의 효율이 떨어집니다. 복잡한 과정을 거치고 정수 처리를 해서 수돗물을 공급하지만 마시는 물은 10% 정도밖에 안 됩니다. 허드렛물을 써도 되는 생활용수, 조경용수, 화장실 용수 등과 같은 용도에도 식수를 쓰고 있는 셈입니다. 분리하면 좋을 텐데 말입니다. 넷째, 기후변화 시대에 적응하기 어렵습니다. 장마철에 비가 엄청나게 쏟아지면 댐에서 물을 방류한다는 뉴스를 듣게 됩니다. 그것은 댐에 물이 가득 차 있으면 홍수 방지 기능을 할 수 없다는 뜻입니다. 그리고 아마 그 누구도 도시 한가운데, 예를 들면 서울 광화문이 물에 잠기는 문제를 댐이 해결해준다고는 생각지 않을 겁니다. 다섯째, 하수도 처리 문제입니다. 사실 하수는 그 물을 내보내는 집에 따라 오염의 정도가 많이 다릅니다. 다시 한 번 더 써도 될 정도로 깨끗한 물에서부터 똥물같이 아주 더러운 물도 있을 겁니다. 그런데 그 모든 것을 한꺼번에 모아서 처리해야 합니다."

나는 한무영 교수가 휘두르는 비판의 칼날에 당혹스러웠다. 환경에 관심을 가지고 있다고 생각했는데 정작 우리의 목숨을 쥔 물 문제는 '전문가'들 손에 넘겨준 채 까맣게 잊고 살았다. 아니, 까맣게 잊었다는 사실조차 모르고 있었다. 그런데 대안은 있는가? 비판의 칼날이 만든 상처를 아물게 해줄 대안, 그것은 비판만큼, 아니 비판보다 더 중요하다. 물은 생명을 유지하기 위한 절대 요소기 때문이다.

"완벽한 대안이 있습니다. 시장의 달걀 장수나 주식 투자를 해본 사람이라면 잘 아는 방법이죠.(웃음) 달걀을 한 바구니에 담지 마라, 한마디로 분산형입니다. 빗물이 그것을 가능하게 해줍니다."

한무영 교수가 말하는 그 완벽한 대안의 핵심에는 '빗물'이 있다. 그 이야기는 쉽고 간단했다. 너무 간단해서 책 한 권이 될 수 있을지 걱정스러울 정도다. 그러나 그 빗물의 비밀은 정치적이고 사회적이며, 역사적인 복잡한 맥락 속에 놓여 있었다.

빗물의 부활

대부분의 사람들에게 '비를 맞으면 머리카락이 빠진다'는 말은 적어도 대한민국에서는 상식에 속한다. 그러나 이 책의 인터뷰이인 한무영 교수는, "정말 그렇다면 내가 머리카락을 다 심어주겠다!"고 말한다. 알고 보니 콜라나 맥주, 오렌지 주스, 사과즙, 요구르트 같은 것들이 산성비보다 100배, 1,000배나 더 강한 산성을 띠고 있다. 유황 온천도 그렇고, 샴푸나 린스도 산성비보다 훨씬 강한 산성 제품이 많다.

또 산성비가 내려 숲을 죽이고 토양을 산성화시킨다는 상식은 어떤가? 한무영 교수는 "도대체 어느 나라의 언제 적 이야기냐?"고 되묻는다. 한국에서는 그런 일이 일어날 수 없다는 것이다. 비는 모두 산성이다. 깨끗한 대기 상태에서 내리는 비도 산성이다. 대기오염이 심한 곳에서 내리는 비는 좀 더 강한 산성이 된다. 그러나 땅에 떨어지면 금방 중성, 알칼리성으로 변한다. 한무영 교수가 직접 실험해봤는데 실제로 그렇다는 것이다. 그런데 무슨 수로 숲을 죽이고 토양을 산성화시키느냐는 것이다. 그에 따르면 고등학교 과학 교과서에 실린 '산성비의 폐해'는 '산성비 괴담' 수준이다.

혹시 그 '산성비 괴담'이라는 것이 사실일지도 모르지만, 그렇다고 해도 그것은 1970년대나 1980년대의 유럽이나 미국 일부 지역의 이야기일 뿐이라고 했다. 오늘날에는 유럽이나 미국에서도 산성비에 대한 이야기는 사라졌다. 그렇게 보면 산성비 괴담은 과학책이 아니라 역사책에 쓰여야 할 이야기다. 더구나 한국에서는 그런 일이 없었으니 세계사 책에나 들어가야 마땅한 일이다.

한무영 교수에 따르면, 이 세상에서 가장 깨끗한 물은 빗물이다. 사람들은 깊은 산속에서 흐르는 물은 아주 깨끗하리라 짐작한다. 그런데 그 물은 어디서 온 물인가? 빗물이다. 그러니 빗물을 받아서 마시면 가장 깨끗한 물을 마시는 셈이 된다는 것이다. 오스레일리아에서는 실제로 빗물을 받아 병에 담아서 판다. 식수로 사 마시는 병물 가운데 하나로, 아주 비싼 병물이다. 이름 하여, '구름주스cloud juice'다.

한무영 교수가 근무하는 서울대학교에서는 빗물을 받아 쓰기 시작한 지 오래되었다. 그동안에는 생활용수로만 썼지만 앞으로는 식수로도 사용하기 위해 준비 중이다. 서울대학교에서 빗물로 블라인드 테스트를 해봤다. 펩시콜라가 했던 챌린지와 비슷한 방법이다.

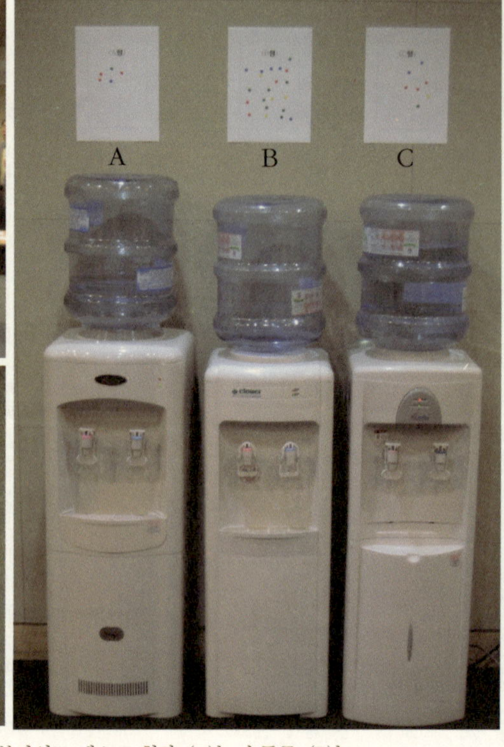

2010년 10월 13일에 서울대학교에서 진행된 블라인드 테스트 현장. (A)는 수돗물, (B)는 빗물, (C)는 병물이다.

수돗물 6표(A), 빗물로 만든 식수 23표(B), 병물이 7표(C)였다. 빗물의 압도적인 승리였다!

당신이 직접 빗물을 받는다면 무한히, 공짜로 '구름주스'를 마실 수 있다. 그러니 비를 받는다는 것은 비싼 병물인 '구름주스'를 받는 것이고, 곧 돈을 받는 것이다. 지구를 살리는 일을 하고 돈도 받는 셈이다.

빗물을 받아 쓰면 생활에만 도움이 되는 것이 아니다. 홍수를 막을 수도 있다. 댐을 만들거나 4대강사업 같은 대규모 토목공사를 할 필요가 적어진다. 그러면 상류 쪽에 사는 사람들과 하류 쪽에 사는 사람들의 갈등도 없어진다. 수돗물을 적게 써도 되니 전기도 절약할 수 있다. 또한 하수종말처리장에서 하수돗물을 더 잘 처리할 수 있다. 게다가 서울의 청계천이나 서울 남산의 실개천을 지금처럼 엄청난 전기요금을 들여서 억지로 흐르게 하지 않아도 된다. 한무영 교수는 빗물만 '제대로 받으면' 남산의 실개천이나 청계천뿐만 아니라 서울의 작은 개천들을 모두 되살려낼 수 있다고 했다.

집에 있는 화분의 식물들뿐만 아니라 다들 빗물을 좋아한다. 오랫동안 농사를 짓는 사람들은 잘 안다. 빗물이 좋다는 것을. 사진작가 이지누가 쓴 책, 《뭐라, 내한테서 찔레꽃 냄새가 난다꼬》에 나오는 할아버지, 평생 농사만 지어온 문상의 옹은 이렇게 말한다. "허참, 희안하제. 갖다 붓는 물은 소용이 없어. 쪼매라도 비가 와야지… 희안타카이."(95쪽) 게다가 빗물을 받아 잘 관리하면, 자연스러운 물의 순환을 돕고 생태계를 살려낼 수 있다.

당신에게 달려 있다

마지막으로 한 가지만 덧붙이고 싶다. 같은 로마 이야기지만 초점이 다르다.

로마제국의 서쪽 끝은 영국까지 이어졌다. 로마는 영국에도 규모는 작지만 로마와 비슷한 '도시'를 건설했고, 그곳에 상하수도 시설을 만들었다. 당연히 공중목욕탕이나 수세식 화장실도 만들었다. 그런데 영국인들은 로마인들이 떠난 뒤 그 모든 것을 함께 버렸다.

"로마인들이 건설한 하수도가 그전에 있던 것보다 낫다는 것을 이해
하지 못한 영국인들이 이것을 무시한 것은 놀랄 만한 일이 아니다.
로마인들이 떠난 후 1,000년 이상 영국인들은 덤불 뒤에서 볼일을
보거나 양동이에 배설물을 받아서 길에다 버렸다. 빅토리아 여왕 시
대가 되어서야 영국은 하수도와 수세식 화장실을 짓기 시작했다. 여
기서 알 수 있는 것은 혁신이란, 혁신이라고 인식되어야 널리 보급된
다는 것이다."(칼 프랭클린/고원용, 《세상을 바꾼 혁신 vs 실패한 혁신》, 시그
마북스, 2008년, 48쪽)

결국 한무영 교수가 말하는 '빗물의 비밀'이 오늘날 '물의 위기'를
풀어줄 중요한 실마리가 된다고 해도 사람들이 그것을 알지 못하는
한, 귀를 기울여 들어주지 않는 한 언제쯤 빗물이 실제 해결책이 될
지는 아무도 알 수 없다. 한무영 교수가 이 '빗물의 비밀'을 사람들에
게 알리려고 애쓴 지 10년이 지났다. 현대의 10년은 과거의 100년보
다 훨씬 더 긴 세월이다. 교통과 통신의 속도가 100배 이상 빨라졌다
는 것을 생각하면 벌써 1,000년이 지났는지도 모른다. 그렇다면 이
제 바뀔 때가 된 걸까?

한무영 교수의 빗물 이야기는 2011년부터 중학교 2학년 국어 교
과서에 실린다. 〈지구를 살리는 빗물〉이 그것이다. 교과서에 실린 이
짧은 글은 빗물 이야기의 전부가 아니다. 빗물은 정치적, 사회적, 역
사적 맥락 속에서 갈등을 겪은 긴 이야기다. 그 갈등은 아직도 끝나
지 않았다.

1장

구름주스와
빗속의 여인

묵시록, 블루 골드, 생각의 유전자

인류 역사는 달걀이 바위를 깨뜨려온 것

산성비를 마신다고요?

빗속의 여인이 준 구름주스

묵시록, 블루 골드, 생각의 유전자

지난해 이맘때쯤이었던 것 같다. 출판사 편집자를 만났다. 뜻밖의 이야기를 꺼냈다.

"요즘 데릭 젠슨이 쓴 《문명의 엔드게임》을 읽고 있습니다."

2008년인가 환경책큰잔치에서 올해의 환경책으로 뽑혔지만 잘 알려진 책은 아니다. 책 소개 글을 내가 썼다. 그것을 알고 이야기를 꺼낸 걸까?

"재미있던가요? 읽기가 쉽지 않은 책인데…."

"책의 내용이 쉽게 받아들이기 힘들 만큼 혁명적이라고 하셨잖아요."

"내가 그런 이야기를 한 적이 있어요?"

"책 소개 글을 읽어봤거든요."

"아, 환경책큰잔치를 위해 썼던 글을 읽었군요?"

"인터넷에서 자료를 검색하다가 보게 됐어요. 물 문제에 대한 자료를 좀 찾아봤거든요."

"2권에 댐 건설을 반대하는 내용이 나오죠. 저자가 댐 건설 반대 운동가이기도 하고요. 문명의 묵시록이라고 해도 좋을 내용이죠. 신의 계시 같은 것은 아니지만."(웃음)

"묵시록이라고 말씀하시는 것은 지금 인류의 문명이 지속 불가능하다는 이야기 때문이죠? 물 문제도 마찬가지고."

"예, 《문명의 엔드게임》에 그런 이야기가 나옵니다."

"그런데 종말론이나 묵시록 같은 이야기는 좀 과장된 거라고 봐야 하지 않을까요?"

"맞아요. 과장된 것이죠. 그렇지만 잘 생각해보세요. 이야깃'거리'가 되는 것들은 대개 평범하지 않습니다. 특별한 것들이죠. 마치 줌인을 해서 찍은 사진과 비슷합니다. 사실이지만 사실의 전부는 아니죠. 그런 의미에서 과장되었습니다. 독자들은 그 점을 잊지 말아야 합니다. 부분적인 사실을 일반화할 때 치명적인 오류가 생길 수도 있으니까요. 시나 소설도 그렇지 않나요? 가끔은 극단적일 만큼 기구하고 기가 차잖아요. 어떤 문학 이론가는 그런 이야기를 통해 우리가 배우는 것은 부끄러움이라고 말한 적이 있습니다. 그 부끄러움 때문에 무엇인가를 하게 되거나 하지 않게 된다는 거죠. 논픽션이나 과학책은 다르다고 생각할 수 있습니다. 그러나 과학책조차도 '상상력과 창조성'의 결과물입니다. 실험 데이터를 해석하는 과정에서, 또는 실험을 계획하고 구상하는 단계에서 상상력과 창조성이 발휘되는 거죠. 상상력이 부족한 과학자와 과학적이지 않은 예술가가 최악이라는 말도 있잖아요."

"그 말은 과학책 역시 데이터를 조작, 조작까지는 아니라고 해도 가설이나 이론에 맞추는 경향이 있다는 건가요?"

"그럼요. 그건 우리가 알고 있는 위대한 과학자들도 마찬가지였다고 해요."

"구체적으로 그런 예를 좀 들어주시면요?"

"코페르니쿠스가 있기 전의 서양 천문학은 프톨레마이오스의 천동설이잖아요. 그 천동설을 주장한 프톨레마이오스에서부터 갈릴레오, 뉴턴에 이르는 과학자들이 자신의 이론을 관철시키기 위해 데이터를 조작했다는 사실이 현대에 와서 밝혀졌죠. 물론 그들의 이론이 위대했다는 것을 인정하지 않는 것은 아닙니다. 다만 과학이라고 해도 언제나 정확한 데이터를 바탕으로 이뤄지는 것은 아니라는 이야기죠. 과학사가들의 설명에 따르면 갈릴레오는 사고실험을 했을 뿐이라는 겁니다. 사고실험이라고 하니까 무슨 실험의 한 종류 같지만, '생각해보니까 그렇더라'는 말을 멋지게 포장한 겁니다. 그래서 그런 갈릴레오를 실험물리학자라기보다는 관념론자로 보는 과학사가도 있어요. 뉴턴이나 갈릴레오 둘 다 설득력 있는 말솜씨로 자신의 이론을 퍼뜨렸다는 겁니다. 과학자들의 그런 점을 아주 재미있게 보여준 글이 하나 있어요. 오늘, 마침 제가 도서관 장서 개발에 대한 강의가 있는 날이라 책이 있는데요. 한번 보시죠. 유전학의 아버지라고 불리는 멘델 아시죠? 거 왜, 둥근 콩(우성)과 주름진 콩(열성)을 교배시키면 후손에게서 나타나는 우성 대 열성의 비율이 딱 3:1이 된다는 이야기 말입니다. 그걸 비꼰 글입니다."

태초에 멘델이 있었다. 그의 외로운 생각이 외롭게 여겨지더라. 그래서 그는 '완두콩이 있으라' 하셨다. 그러자 완두콩이 태어났고, 보기에 좋더라. 그리고 그는 완두콩을 밭에 심고 "늘어나고 증식하라. 형질이 나뉘고 스스로 구색을 맞추어 분류되어라"라고 완두콩에게 말하셨다. 그러자 완두콩이 그렇게 되었고 보기에 좋더라. 이제 멘델은 그의 완두콩을 거둬들이게 되었고, 둥근 것과 주름진 것으로 나누었더라. 그리고 그는 둥근 것을 우성, 주름진 것을 열성이라고 불렀다. 그러자 부르기에 좋았더라. 그런데 멘델은 450개의 둥근 완두콩과 102개의 주름진 완두콩이 있다는 것을 아셨다. 그것은 보기에 좋지 않았더라. 법칙에 따르면 주름진 완두콩 하나에 세 개의 둥근 완두콩이 있어야 한다. 그래서 멘델은 혼자 이렇게 중얼거리셨다. "오 하늘에 계신 하느님이시여! 적들이 이런 짓을 했습니다. 적이 밤의 어둠을 틈타 내 밭에 나쁜 완두콩을 뿌렸습니다." 그리고 멘델은 격노해서 탁자를 세게 내려치시고는 이렇게 말씀하셨다. '너희 저주받고 사악한 완두콩들이여 나를 떠나라. 그래서 저 바깥의 어둠 속에서 게걸스러운 쥐와 생쥐에게 먹히라.' 그러자 그대로 이루어졌고, 300개의 둥근 완두콩과 100

개의 주름진 완두콩이 남았더라. 그것은 보기에 좋았더라. 아주
아주 보기에 좋았더라. 그리고 멘델은 논문을 발표했더라.

—윌리엄 브로드, 니콜라스 웨이드/김동광, 《진실을 배반한 과학자들》,

미래M&B, 2007년, 48쪽

"재미있네요."(웃음)

"이 글은 전문과학 저널에 익명으로 실렸던 글이라고 해요. 글의
제목도 재미있어요. 〈지상의 완두콩pease on Earth〉이라고 붙였는데,
완두콩pease으로 평화peace를 패러디한 거죠. 이 책은 과학이 절대
적으로 '진실'하지만은 않다는 이야기를 하고 있어요. 그 법칙이라는
것이 늘 조금 과장되었다고 봐야 한다는 거고요. 그 과장된 이론들
가운데 현대 과학을 이룬 위대한 발견이 있었다는 사실이 아이러니
하죠."

"선생님 말씀을 듣다보니까 산성비가 환경에 큰 피해를 입혔다는
'이론'도 어떤 의도를 관철시키기 위해서 과장되었을 수도 있겠다는
생각이 드네요."

"산성비요?"

"아, 아닙니다. 산성비 이야기는 천천히 하죠. 아무튼 이야기가 옆
으로 좀 샌 것 같기는 하지만 의미심장한 말씀인 것 같습니다. 다시
물 이야기로 돌아가보면요…."

"아, 예. 《문명의 엔드게임》에 대해 이야기하던 중이었죠."

"그 책을 보면서 댐 건설 반대 운동이라는 게 우리에게는 너무 낮

설다는 생각이 들었습니다."

"그렇게 말하면 그런데요. 우리나라에서도 대단한 힘을 발휘했던 적이 있죠. 동강댐 건설 반대 운동이 성공했던 것 기억나세요?"

"아, 그러고 보니 그랬군요. 온 국민이 다 반대해서 얻어낸 승리였죠."

"사실 그뿐만이 아닙니다. 인제 내린천댐과 지리산댐 건설이 백지화된 것도 그런 운동의 결과였다고 봐야죠."

"우리에게도 댐 건설 반대 운동의 경험이 있었네요. 이렇게 까맣게 잊어버릴 때도 있어요."(웃음)

"2002년에는 댐반대국민행동이라는 단체가 결성된 적도 있습니다."

"아, 그랬군요. 그건 몰랐습니다. 제가 살아가는 이곳 한국에서 무슨 일이 있었는지도 잘 모른다는 게 부끄럽네요. 잠깐만요."

그가 잠깐 자리를 비웠다. 그 사이 나는 커피를 사 왔다. 돌아오니 편집자 앞에 예쁜 생수병 하나가 놓여 있었다. 나는 그에게 아메리카노 한 잔을 들이밀었다.

"아메리카노를 한 잔 사 왔는데, 물 마시려고요?"

"아, 고맙습니다. 아뇨, 지금 마시려는 건 아닙니다. 그런데 이 물 이름이 재미있지 않습니까? 클라우드 주스Clould Juice, 구름주스예요."

"물병 디자인을 보니, 좀 비싼 물 같군요."

"마시는 물도 이제 천차만별이죠. 강남에서는 이만한 생수병에 2

만 원 받는 것도 있다고 하더군요."

"서양에서는 물을 블루골드라고 부르기 시작한 지 꽤 됩니다.《블루 골드》라는 책이 나온 게 2002년이니까요. 물은 목숨을 가진 누구에게나 주어져야 하는데, 기업의 상품이 되었다는 것을 비판한 책입니다. 영어판 책이름에는 '기업의 물 도둑질을 그만두게 하기 위한 투쟁'이라는 부제가 붙어 있어요. 이 책에 따르면 벌써 오래전부터 세계적인 대기업들이 물을 상품화하기 시작했고 그것이 만들어내는 문제도 만만찮죠. 얼마 전에 신문을 봤더니 비싼 생수는 원유 수입 가격보다 비싸더라고요.* 몇 년 전에 미래학자들이 미래에는 물이 석유 값보다 비싸질 거라고 했는데 벌써 그래요. 작은 병 하나에 6,000~7,000원 하니까 2ℓ들이 한 병으로 하면 2만~3만 원 하는 셈이에요. 엄청나지 않아요? 사실 말이라는 것이 생각의 유전자라는 것을 생각하면 물을 블루골드라고 이름 붙이는 것부터가 끔찍한 재앙이죠. 이미 거대 다국적기업이 물 사업에 뛰어들었고, 물을 차지하기 위한 전쟁이 여기저기에서 일어나고 있어요. 이스라엘과 팔레스타인전쟁이 민족 전쟁인 것처럼 보이지만 사실은 요르단 강의 물을 차지하기 위한 전쟁이었죠. 〈포천fortune〉지는 물 사업이 21세기에는 가장 투자할 만한 분야라고 꼽았다고 해요.** 이런 상황들을 보면

---

* 왕성상 기자, 〈아시아경제〉, 2010년 01월 11일. "유럽산을 중심으로 값비싼 생수가 들어오면서 평균단가는 ℓ당 0.78달러로 두바이유(油) 거래가보다 높은 것으로 나타났다. 생수값이 석유값보다 더 비싸다는 얘기다."
** 반다나 시바/이상훈,《물전쟁》, 생각의나무, 2003년, 157쪽.

물에 대한 이야기는 21세기의 묵시록이 되지 않겠어요?"

"와, 콘셉트가 좋은데요?"

"뭐가요?"

"아니 뭐, 꼭 콘셉트가 아니라고 해도 지금 말씀하신 것 가운데 낱말 세 개가 귀에 와서 꽂힙니다. 묵시록, 블루골드, 생각의 유전자. 무척 재미있는 이야기가 될 것 같은데요."

"아이러니하지만 끔찍한 상황이 글을 쓰게 만들긴 하죠. 끔찍한 상황이 간절한 마음을 잉태하니까요. 글이란 어쩌면 분노나 슬픔 같은 것 때문에 쓰여지는지도 모릅니다. 그 분노나 슬픔은 비극적인 사랑 때문에 생기고, 그 사랑은 부조리한 운명에 저항하는 힘이고요. 그 힘이 현실을 바꿔나가죠. 저는 글의 기본적인 속성이 사랑, 분노, 슬픔이라고 생각해요. 불가능한 소원을 글을 통해서 이뤄보는 거죠. 인류의 역사를 돌아보면 글을 통해 표현했던 불가능한 소원이 실현되고는 했죠."

인류 역사는 달걀이 바위를 깨뜨려온 것

"사실 《문명의 엔드게임》을 쓴 저자는 혁명적이라는 생각이 들 만큼, 불가능한 소원을 이루기 위해 달걀로 바위를 치는 운동을 하고 있는 것처럼 보였어요."

"그런 느낌이 있죠. 댐을 지어야 한다는 쪽은 기득권, 지배계층들이니까요. 보통 말하는 토목마피아 아닙니까? 마피아는 자기네들 집단의 이익이 걸린 일이라면 수단과 방법을 가리지 않죠. 그런 엄청난 사업비를 둘러싼 정치·토목마피아들을 상대로 몇 안 되는 사람들이 댐 건설 반대 운동을 하는 거니까요. 그런데 언젠가 제가 아는 사람이 재미있는 이야기를 해주더라고요. 어린 시절 이야긴데요. 같은 반에 아주 덩치가 큰 아이가 하나 있었대요. 다른 아이들의 한 배 반은 될 만큼 컸기 때문에 아무도 상대가 되질 못했답니다. 덩치 큰 아이는 아무 이유도 없이 작은 아이들을 때리곤 했대요. 그런데 어느 날 가장 작은 축에 드는 한 아이가 참다못해 덤벼든 겁니다. 다들 어쩌려고 저러나 걱정 반 재미 반으로 보고 있었다고 해요. 그런데 그 작은 아이의 기가 셌던 모양입니다. 맞으면서도 덤비고 덤비면 때리고 했는데, 얼마나 많이 맞았던지 저러다가 작은 애가 죽는 건 아닌가 싶을 정도였다고 해요. 그 작은 아이는 맞고 쓰러지고 다시 일어나서 덤비곤 했는데, 마치 오뚝이 같았답니다. 그런데 얼마나 그렇게 되풀이되었는지 모를 정도로 시간이 지나자 덩치 큰 아이가 작은 아이를 제대로 때리지 못하더래요. 결국 덩치 큰 아이는 작은 아이가 쓰러지자 그냥 냅다 도망쳐버렸대요. 그 뒤로부터 덩치 큰 아이는 아이들을 때리지 못했답니다. 그런데 제게 이 이야기를 해준 사람의 해석이 더 재미있더라고요."

"목숨 걸고 덤비면 못 이긴다, 뭐 그런 건가요?"

"아뇨. 그보다 좀 더 근본적인 의미를 부여하더라고요. 저항할 의지가 있음을 보여주는 것, 그 자체로 큰 의미가 있다는 것을 깨달았다고 해요. 강한 저항 의지를 보여주는 것이 중요하다는 말이죠. 인류 역사는 어쩌면 그렇게 달걀이 바위를 깨뜨려왔는지도 모릅니다.”

“그렇군요. 그런데 이야기가 좀 옆으로 샌 것 같습니다.”(웃음)

“좀이 아니라 많이 샜군요.(웃음) 그러나 전혀 관계가 없는 것은 아니죠.”

“예…, 그런데 혹시 빗물에 대한 자료를 좀 보신 적은 있으세요?”

산성비를 마신다고요?

“빗물? 글쎄요…, 없었던 것 같은데. 빗물이라고 하면 비 맞으며 한없이 걸어 다니던 것을 좋아하던 어린 시절밖에 생각나는 게 없는데요. 그나마 이제는 산성비에 머리카락 빠질까 봐, 그리고 옷이 삭아버릴까 봐 그러지 못해서 아쉽죠. 어린 시절에는 아프로디테스 차일드의 〈Rain and Tears〉를 좋아했죠. 사실 고전 음악을 좋아했기 때문에 팝송을 잘 듣지 않았는데, 이 곡만은 좋아했어요. 파헬벨Pachelbel의 〈캐논〉이 겹쳐 있잖아요. 게다가 데미루소스의 목소리는 너무나 아름답고…. 이야기가 또 옆길로 좀 새네요.”(웃음)

“아닙니다. 저는 요즘 비가 내리면 그냥 좀 맞으며 걷기도 합니다. 빗물연구센터의 한무영 교수한테서 괜찮다는 이야기를 들었거든요.”

“정말요? 아니 왜 산성비가 조각상도 부식시키고 동식물도 죽인다고 한때 신문에도 많이 나고 그러지 않았나요? 산성비 맞으면 머리카락도 빠진다고 하고. 그런데 비를 자주 맞는 사람치고는 머리카락

이 괜찮아 보이네요."(웃음)

"비를 맞는다고 머리카락이 빠지는 게 아니어서 그런 거죠."

"요즘 내리는 비는 산성비가 아니라는 건가요? 아니면 산성비를 맞아도 괜찮다는 건가요?"

"제가 잘 설명할 수는 없지만 아무튼 우리가 겁내는 산성비가 사실은 아무것도 아니라고 하더라고요."

"빗물연구센터…."

"예. 빗물연구센터 소장인 한무영 교수가 그랬어요. 그는 비가 내리면 반갑다고 창문을 열고 손으로 받아 마신다고 하던데요. 빗물이야말로 이 세상에서 가장 깨끗한 물이라면서…."

"무슨 말인지 잘 모르겠어요. 산성비는 동상을 부식시키고 숲을 죽일 뿐 아니라 호수의 생태계도 파괴한다고 들었는데, 그 물을 받아 마신다는 건가요?"

"예, 그 산성비를 받아 마신다고 했어요. 산성비가 알려진 것처럼 그렇게 나쁜 것도 아니라고 했고요. 빗물이야말로 오늘날 우리가 맞닥뜨린 '물 문제'를 해결해줄 중요한 존재라고 하시던데요. 그런데 그게 사실이라면 정말 대단한 일 아니겠어요?"

"그렇죠. 비는 어디에나, 그리고 가난한 사람이든 돈 많은 사람이든 누구에게나 내리니까. 사막만 아니라면 물 걱정을 할 필요가 없겠죠. 정말 그렇다면 혁명적인 거죠."

"역시 선생님하고는 이야기가 통하네요."(웃음)

"우리가 산성비라고 규정하고 피하기만 하는 빗물이 이 세상을 구할 수 있다는 것이 사실이라면 그동안 알려졌던 산성비의 폐해에 대한 이야기는 뉴턴의 연금술쯤 되겠네요."

"뉴턴의 연금술이라는 건 무슨 말씀이신지요?"

"사람들은 대개 뉴턴을 현대물리학을 탄생시킨 과학자로만 알고 있습니다만, 뉴턴의 물리학은 뉴턴이 했던 일 가운데 아주 일부일 뿐입니다. 뉴턴은 연금술사에 신비주의자였거든요. 장미십자회, 점성학, 수비학에 빠져 있었던 주술사이기도 했어요. 그는 모세가 코페르니쿠스의 태양중심설은 물론 자신의 중력이론까지 소상히 알고 있었다고 믿었습니다. 솔로몬 성전이야말로 '천계의 구조를 아는 최선의 길잡이'라고 여기면서 그 설계도를 찾으려고도 했고요. 게다가 연금술사였죠(《생각의 역사》 1권, 19쪽~20쪽). 연금술이 뭡니까? 비금속적인 물질을 가지고 금을 만들어내려고 했던 엉터리 같은 것이잖아요. 어떤 과학사가는 그런 뉴턴이 물리학의 아버지가 된 것은 과학 때문이 아니라 기찬 말솜씨 때문이었다고도 해요. 게다가 뉴턴의 걸작으로 물리학의 고전이 된《프린키피아》에도 대단한 수학자가 아니면 그 진실을 밝히기 어려운 계산을 하면서 의도적인 조작까지 했다고 합니다."(《진실을 배반한 과학자들》, 39~45쪽)

"뉴턴이 그런 사람이었다는 것과 산성비의 폐해와 무슨 관계가 있는지요?"

"만일 환경 재앙의 하나로 우리에게 알려졌던 산성비 문제가 사실은 인류의 물 문제를 해결해줄 수 있는 열쇠라면, 그렇다는 겁니다."

"그래도 아직 잘 이해가 안 됩니다."

"앞에서도 말했지만 뉴턴이 주장했던 것은 우리가 알고 있는 중력의 법칙이 전부가 아닙니다. 그리고 그 이론조차 '조작된 데이터'가 포함된 것이었어요. 재미있는 것은 그렇다고 해도 그 이론이 현대물리학에 미친 영향은 대단하다는 거죠. 그것이 뉴턴의 연금술이라는 겁니다. 혹시 산성비의 폐해라는 것이 어느 정도 조작, 또는 과장된 것이었다 해도 산성비의 폐해라는 과장법이 환경을 보호하는 데 큰 영향을 미쳤다는 것은 부정할 수 없다는 이야기죠."

"이야기가 그렇게 되나요?"(웃음)

"산성비는 사실 물 문제가 아닙니다. 대기오염에 대한 경고였죠. 그 덕분에 오늘날 전 세계의 공장에서 내뿜는 연기와 자동차의 배기가스에 대한 규제가 엄격해졌잖아요. 그러니 옛날의 산성비 이론도 어쩌면 제 역할을 한 셈입니다. 만일 산성비가 정말 그런 것이 아니라면 뉴턴의 물리학이 아인슈타인을 만나 수정되었듯이 빗물에 대한 생각도 고쳐져야겠죠."

"아… 예. 그런데 어쩌 좀 거창해지는 것 같기도 합니다만, 이 이야기를 한무영 교수가 들으면 정말 좋아하겠는데요. 지금 말씀하신 비유를 그대로 쓴다면 한무영 교수가 빗물 연구의 아인슈타인이 되는 셈이잖아요."(웃음)

"아, 그렇게 되나요? 그러나 제가 달았던 조건절을 잊지 마세요."

"만일 우리가 산성비라고 부르는 그 빗물이 지구의 물 문제를 해결할 수 있다면!"

"그렇죠."

"그건 이 인터뷰집의 독자가 판단하도록 남겨두면 되겠죠."

"아, 새로운 인터뷰집을 하자는 건가요?"

"(웃음) 예, 그렇습니다. 제가 다른 분들하고도 만나서 '환경과 물'에 대해 이야기를 해봤는데요. 관심을 보이는 인터뷰어를 찾지 못했어요."

"그럼 지금까지 일 이야기를 했군요."

"예. 좋으시죠?"(웃음)

"물 문제를 해결할 수 있다니까 궁금해지긴 합니다. 산성비 문제도 그렇고. 그렇잖아도 요즘 한창 문제가 되는 4대강 살리기 사업 때문에 물에 관련된 책을 좀 읽고 있었어요."

"그러실 줄 알았어요!"

빗속의 여인이 준 구름주스

편집자는 이미 전화기를 들고 있었다.

"컬러링이 이거예요. 아주 빗물로 똘똘 뭉친 분입니다."

편집자는 전화기를 내 귀에 대주었다. 김건모가 댄스곡으로 부른 〈빗속의 여인〉이 흘러나오고 있었다. "잊지 못할 빗속의 여인 그 여인을 잊지 못하네…" 이 곡은 신중현의 첫 번째 출세작이다. 스스로 그렇게 꼽는다. 그리고 수많은 한국 가수가 불렀던 노래다. 나는 김추자나 진시몬이 부르는 게 더 좋다. 이런 생각을 하고 있는데 저쪽에서 "여보세요"라는 말이 들려온다. 나는 얼른 편집자에게 전화를 받으라고 떠밀었다.

인사말을 주고받는 것을 보고 나는 잠깐 자리를 떴다. 아까부터 잠깐 다녀오고 싶은 곳이 있었다. 물을 많이 마시면 좀 더 자주 가야 하는 곳이다. 나는 물을 많이 마시는 편이다. 그래서 물병을 가지고 다닐 때가 많다. 그런데 이 물을 돈이 없어서 마시지 못하게 된다면 얼마나 끔찍할까?

다녀왔더니 편집자는 뜻밖의 말을 꺼낸다.

"혹시 이번 달 17일부터 26일까지 특별한 스케줄이 있으세요?"

"글쎄요. 아마 강의가 두세 번 잡혀 있을 겁니다."

"그 강의들은 날짜를 바꿀 수 없는 건가요?"

"세상에 안 되는 일이 어디 있겠어요? 아주 중요한 일이라면 양해를 구할 수도 있겠죠."

"한무영 교수가 학생들과 함께 빗물 여행을 다녀올 거라는데, 함께 가시면 어떨까 하고요. 인터뷰집을 맡으신다면 이보다 더 좋은 기회가 있겠나 싶은데요."

책읽기나 글쓰기는 사실 여행과 비슷하다. 깊고 넓은 먼 나라로 여행을 떠나는 것이다. 글쓰기는 어쩌면 비현실적인 일인지 모른다. 내가 바라는 세상을 그리는 일이다. 그것이 당신도 바라는 세상이 되었으면 하고 글을 쓴다. 그래서 그것이 우리의 세상이 되었으면 하는 것이다. 그러나 그 여행은 몸이 함께 떠날 수 없다. 가끔은 몸도 마음과 함께 떠나고 싶을 때가 있다. 아니, 늘 몸도 마음과 함께 여행을 떠나고 싶을 것이다.

내가 대답이 없자 편집자가 덧붙인다.

"물 문제를 해결하는 빗물을 직접 확인하실 수 있고, 유쾌한 경험이 될 겁니다."

"생각해볼게요."

그는 내 대답과 상관없이 못을 박는다. 이미 내 마음을 읽었다.

"알겠습니다. 그럼 자세한 계획은 이메일로 보내드리겠습니다."

편집자는 헤어지면서 자기 앞에 놓여 있던 '구름주스'를 내게 주었다. 이 인터뷰집을 맡으려면 당연히 마셔봐야 한다는 것이었다.

"이게 빗물입니다. 오스트레일리아에서 온 겁니다. 한국에서는 아직 빗물을 마시는 물로 만들고 있지 않지만 오스트레일리아에서는 '고급 생수'로 만들어 판매하고 있다고 합니다. 한무영 교수가 인터뷰집을 맡게 될 분이 정해지면 꼭 권하라고 하셨어요."(웃음)

"구름주스라… 빗물로 만든 물인가 보네요. 그러고 보니 pure rainwater, 순 빗물이라고 쓰여 있군요. 한국의 생수병에는 대개 샘물이라고 쓰여 있는데…. 빗속의 여인이 준 구름주스로군요."

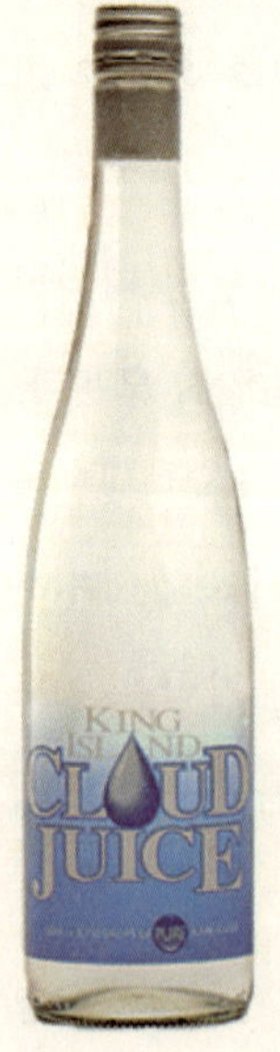

오스트레일리아에서 생산되는 빗물로 만든 고급 생수, cloud juice(구름주스)

산성이 곧 나쁜 것은 아니다

고등학교 과학 교과서에 실린 산성비 괴담

역사책에 실릴 법한 오래전 이야기

법은 언제나 현실보다 한발 늦다

2장_

산성비의 정체

빛이 들어와 눈을 찔렀다. 깜짝 놀라 잠을 깼다. 침대처럼 누인 의자에서 모로 누워 잠이 들었던 모양이다.

"무척 피곤했나 봅니다."

몸을 일으켰다. 낯선 남자가 나를 보고 웃으며 말한다.

"날씨가 참 좋습니다."

아, 저것이었구나. 창밖에는 하얀 구름이 눈부시게 빛나고 있었다. 비행기 안이다. 자리에 앉자마자 곯아떨어졌던 모양이다.

밤을 새워 글을 쓰고 겨우 시간에 맞춰 공항에 도착했다. 미리 준비했으면 공항버스를 타고 올 수 있었겠지만 시간 가는 줄 몰랐다. 흐릿한 정신 상태로 내 차를 몰고 공항으로 향했다. 비행기 시간에 대려면 그 수밖에 없을 것 같았다. 그러다가 길을 잘못 들었다. 분명히 표지판을 보고 갔는데 어디선가 옆으로 샌 것이다. 그래서 더 늦었다. 겨우 길을 찾고는 시계를 보니 약속시간에 맞춰 도착할 수 없을 것 같아 전화를 했다. 김건모가 〈빗속의 여인〉을 불러대고 있다. 전화를 받은 한무영 교수는 자기는 도착했지만 아직 여유가 있으니 천천히 오라고 했다. 그제야 생각이 났다. 혹시 하는 마음에 시간을 당겨놓았던 것이다. 그럭저럭 시간에 댈 수 있었다. 그러고 별일 없이 비행기를 탔다. 이 낯선 남자가 한무영 교수다.

"《인문학으로 광고하다》를 어제야 읽어봤어요. 재미있더군요."

함께 여행할 사람에 대해 궁금했던 모양이다. 내가 쓴 인터뷰집을 읽은 것이다.

"고맙습니다."

출판사에서 나를 그에게 소개하는 방법으로 내가 쓴 인터뷰집을 보내주는 게 좋다고 생각한 것 같다. 잠깐 어색한 침묵이 흘렀다. 다행히도 스튜어디스가 끼어들었다. 기내식을 주문하라는 것이었다.

산성이 곧 나쁜 것은 아니다

아무래도 산성비에 대해 물어보는 것이 순서일 것 같았다.

"산성비를 맞아도 정말 괜찮습니까? 왜, 산성비를 맞으면 머리카락이 빠진다고들 하잖습니까."

한무영 교수는 웃으며 대답했다.

"그렇잖아도 다들 제게 그걸 물어봅니다. 그럼요. 아무 문제없습

니다. 만일 비를 맞아서 머리카락이 빠졌다면 제가 다 심어드릴게
요. 그리고 산성비가 나쁘다는 말, 그거 다 좀 과장된 겁니다.”

“좀 과장이라면, 어쨌든 산성비라는 건 사실이라는 말씀인가요?”

“산성이기는 하죠. 그런데 그 산성이라는 것이 염산처럼 무시무시
하게 아무거나 녹여버리는 것이 아니에요. 요즘 사람들은 영화 속
에 나오는 킬러들이 쓰는 염산 때문에 ‘산성’까지 무서워하는 것 같아
요. 그런데 산성비는 그런 게 아닙니다. 도대체 누가 왜 무슨 목적으
로 빗물에 대해 그렇게 악의적인 이미지를 만들어 퍼뜨렸는지는 잘
모르겠지만 아무것도 아닌 산성이에요. 별것 아닌 산성이죠.”

“아무것도 아닌 산성이라는 건 무슨 말씀이신지요?”

“빗물이 산성이라는 건 사실이지만 그건 우리가 일상적으로 만나
는 산성보다 더 강하지도 않다는 겁니다. 오히려 우리가 일상적으로
사용하는 것들이 훨씬 더 강한 산성이에요. 머리 감을 때 쓰는 샴푸
와 린스 가운데 어떤 제품은 산성비보다 100배쯤 강한 산성입니다.
시큼한 오렌지주스는 100배쯤, 콜라는 500배쯤 강한 산성입니다.
제가 일본에 갔을 때 다녀온 유황 온천의 물도 빗물보다 100배쯤 강
한 산성이었어요. 그런데 예로 든 것들보다 훨씬 약한 산성을 띠는
빗물을 가지고 호들갑을 떠는 거죠. 만일 산성비 때문에 머리가 빠
진다면 샴푸와 린스는 속성 대머리 코스가 될 거고, 온천 목욕은 피
부 벗기기 또는 녹이기쯤 되지 않겠습니까? 콜라 때문에 식도와 위
는 다 녹아내릴 거고…. 그래서 제가 장담하는 겁니다. 만일 산성비
때문에 대머리가 된 사람이 있다면 제가 머리카락을 죄다 심어드리

겠다고요. 이 말을 한 지가 10년이 되었는데 아직 아무도 찾아오지 않았어요."(웃음)

"그런 사람이 없다는 뜻이군요."

"정확하게 말하면 '아직까지는' 없는 거죠."

"그렇다면 그런 사람이 생길 가능성은 있다는 말씀이신가요?"

"제가 가진 신념은 '없다'이지만 영원히 그런 사람이 없을 거라고 장담할 수야 없죠. 그건 과학자의 언어가 아니거든요. 그래서 제가 대머리 펀드를 만들자고 제안했던 적이 있어요."

"빗물 때문에 대머리가 된 사람을 위한 펀드인가요?"(웃음)

"WHO 아시죠? 세계보건기구 말입니다. 그곳에서 천연두 예방접종을 의무화하지 않기로 한 적이 있어요. 천연두가 거의 발생하지 않는데 모든 사람이 그 예방주사를 맞는다는 것은 지나치다는 생각에서 시작됐습니다. 그 대신 천연두 펀드를 만들었어요. 그 돈으로 만에 하나 천연두에 걸리는 사람을 치료해주자는 거죠. 모든 사람이 천연두 예방주사를 맞기 위해 드는 비용의 아주 적은 부분만으로도 충분하거든요. 돈도 돈이지만 사실 예방주사라는 것이 누구에게나 필요한 것은 아니거든요."

그 말을 들으니까 《질병판매학》(레이 모이니헌, 앨런 커셀스/홍혜걸, 알마, 2006년)이 생각났다. 《질병판매학》은 우리가 요즘처럼 많은 약을 먹게 된 것은 제약회사 사장의 희망사항 때문이었다고 말한다. 30년 전 다국적 제약회사의 CEO가 은퇴를 앞두고 〈포천〉과의 인터뷰에서 그렇게 말했다. 건강한 사람들이 추잉껌을 사서 씹듯이 건강한 사람을 위한 약을 만들어 파는 것이 꿈이라고 말이다. 그리고 오늘날 우리는 그렇게 하고 있다. 제약회사의 협박에 가까운 광고 판촉 내용은 그저 컨디션이 조금 나쁘거나 자연스러운 노화 현상조차 병으로 생각하게 만든다. 그래서 꼭 필요하지도 않은 약을 엄청나게 소비하게 되었다. 그런데 WHO에서 그런 사실을 알고 약을 덜 쓰려고 노력했다는 이야기다. 아무튼, 잘한 일이다.

"그렇죠. 예방주사라는 것이 결국 세균을 몸에 넣어서 미리 병에 걸리도록 하는 것 아닙니까. 병에 걸릴 확률이 아주 낮은 사람이라면 미리 그럴 필요가 없죠. 물론 예방주사가 있어서 병에 덜 걸리기는 하겠지만 지나쳐서는 안 되겠죠."

"모르긴 몰라도, 산성비 때문에 대머리가 되는 일은 천연두에 걸릴 확률보다 훨씬 더 낮을 겁니다. 그래도 만에 하나 그런 상황이 생기면 머리카락을 심어줄 수 있도록 대머리 펀드를 만들어두자는 거예요."

"하하하, 예, 저는 그냥 선생님께서 산성비는 그다지 해롭지 않다고 말씀하신 것으로 이해하겠습니다."

"그거야 뭐 개인의 자유에 속하는 거니까 마음대로 하시죠."(웃음)

"아무튼 정리하자면 '산성'이 곧바로 나쁜 거라고 볼 수는 없다는 말씀이시군요."

고등학교 과학 교과서에 실린 산성비 괴담

"그런데 고등학교 1학년 과학책에 나와 있던데요."

산성비에 대한 이야기는 옛날에 단행본으로 나온 것이 있다. 그 책을 봐도 알 수 있다. 그러나 고등학교 교과서에 나와 있는 내용이 더 중요하다. 교과서에 실린 이론이 주류일 테고, 한무영 교수의 이론은 소수이론, 또는 그냥 의견이라고만 해야 할지도 모른다. 몇 종류의 고등학교 과학책에는 산성비에 대한 내용이 자세히 실려 있다.

교학사에서 발행한 교과서에 따르면 비가 내리는 동안 대기 중에 섞여 있던 이산화황이나 질소산화물 때문에 산성비가 된다는 것이다. 이산화황 같은 황산화물은 주로 공장이나 발전소에서 화석연료를 사용하고 배출하는 연기 속에, 질소산화물은 주로 자동차 배기가스에 섞여 있다(다음 쪽 교과서 사진 참고).

한무영 교수가 말했다.

"'산성비'의 산성도는 제가 있는 건설환경공학부 건물 옥상에서 빗물을 받아서 실험해본 것과 같습니다. 제 연구실이 있는 건물 옥상에서 비가 내릴 때 깨끗한 쟁반에 받아서 재봤더니 pH가 5.6이었어요. 약한 산성이죠. 그런데 옥상 입구에서 먼지 묻은 지붕을 타고 내려온 빗물의 pH를 재보니 7~8.5 정도의 알칼리성인 겁니다. 그리고 하루 뒤에 빗물통에 받아둔 그 빗물을 재어보니 이젠 7~7.5로 중성이 되어 있었습니다. 그러니까 지붕에 있는 먼지만 더해져도 알칼리성으로 변하는 거죠. 시간이 더 지나니까 중성이 되고요. 황사가

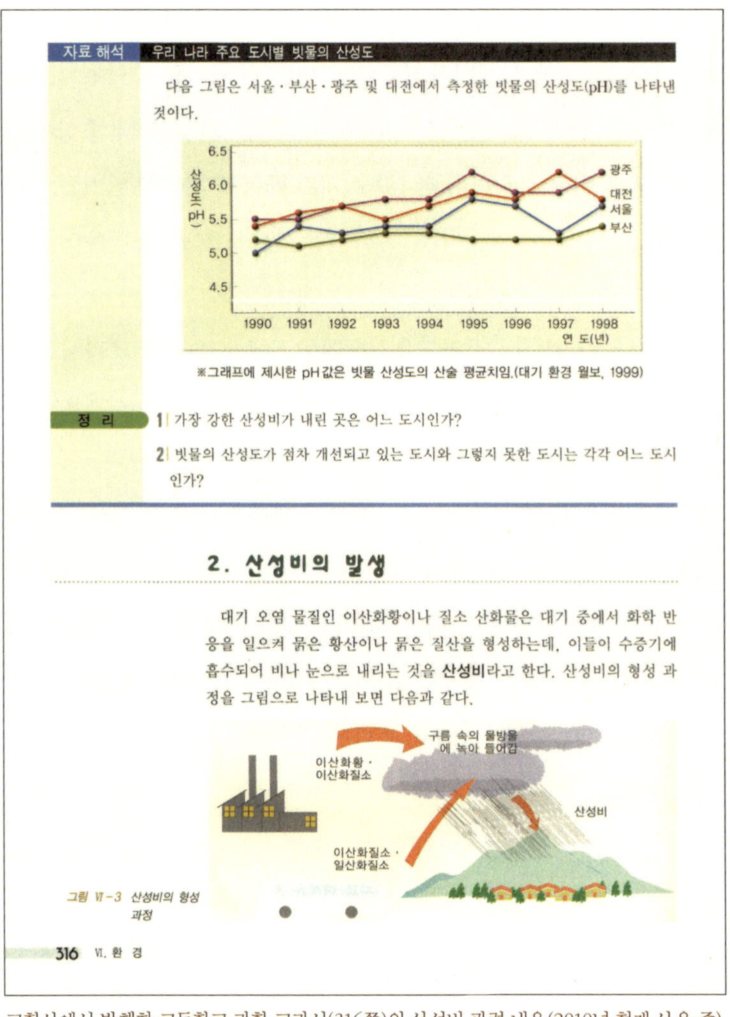

교학사에서 발행한 고등학교 과학 교과서(316쪽)의 산성비 관련 내용(2010년 현재 사용 중)

있을 때 내리는 비는 산성이 덜하다고 하잖아요. 심하면 알칼리성이 되기도 하고요. 그것과 같은 이유입니다."

"그렇다면 교과서에 실린 산성비 설명은 한 교수님 설명과 차이가 있습니다. 좀 전에 산성비가 내리지만 내린 뒤 곧바로 중화된다고 하셨는데 교과서에 따르면, 산성비는 내린 뒤 알칼리성이나 중성이 되기는커녕 땅이나 호수마저 산성화시키기 때문에 환경에 미치는 영향이 크다고 설명하고 있습니다. 논리 구조만으로 보면 둘 가운데 하나는 틀렸다고 말할 수밖에 없을 것 같은데요?"

교학사뿐만 아니라 중앙교육진흥연구소에서 발행한 교과서도 사정은 마찬가지다. 산성비는 철교 등의 금속 구조물이나 시멘트 건축물들을 부식시켜 안전에 영향을 미치는 요인이 되고 있으며, "토양을 산성화하여 미생물들을 죽이고, 식물의 생장에 피해를 준다"고 쓰여 있다(다음 쪽 교과서 사진 참고). 그것이 산성비의 폐해라는 것이다. 그러니 비가 내린 뒤 지붕 위나 땅 위의 먼지가 더해지면서 알칼리성이나 중성으로 변한다는 한무영 교수의 설명과는 다르지 않은가?

"과학 교과서에 그런 설명이 있다는 것은 알고 있었습니다만…."

"지금 그 말씀은 내린 뒤의 비는 약한 산성도 아니고 아예 알칼리성, 중성으로 변한다고 하셨잖아요. 그렇다면 산성비가 토양이나 호수를 산성화해서 생태계를 파괴하는 일 같은 것은 불가능하지 않겠습니까?"

역사책에 실릴 법한 오래전 이야기

"호수라면 아마 스칸디나비아반도 어디쯤의 호수 이야기인 것 같습니다. 그 호수에는 지형의 특성상 산성비는 철교 등의 금속 구조물이나 시멘트 건축물들을 부식시켜 안전에 영향을 미치는 요인이 되고 있다. 그리고 토양을 산성화하여 미생물들을 죽이고, 식물의 생장에 피해를 준다. 또, 우리의 눈을 자극하고 면역성을 감소시키는 등 건강에도 해를 준다.

특히 산성비는 식물의 나뭇잎과 뿌리를 손상시킴으로써 삼림을 파괴하는 등 지구 생태계에 많은 피해를 주고 있다.

과제 연구●●● 친구들과 함께 우리 지역에서 볼 수 있는 산성비에 의한 피해를 조사해 보자.

해보기　건축물의 부식

건축물이 산성비에 의해 부식되는 정도를 알아보기 위해 석회암 조각을 산성비와 비슷한 용액 속에 넣어 살펴보자.

1. 2개의 비커에 각각 증류수와 5% 황산 수용액을 넣는다.
2. 각 비커에 석회암 조각을 넣고 며칠 동안 관찰한다.
- 각 비커에서 석회암 조각은 어떻게 변화되는가?
- 이 결과를 산성비에 의한 피해와 관련지어 설명해 보자.

과학과 환경　산성화된 호수의 재앙

산성비의 피해는 땅 위의 식물이나 동물에게 해를 입히는 것으로 그치지 않는다. 땅 위에 내린 산성비가 흘러 호수로 들어가면 더욱 심각한 피해가 나타난다.

산성비 때문에 호수의 산성도가 높아지면 호수 밑바닥 흙에 섞여 있던 납, 구리, 알루미늄 등의 금속이 반응하여 물에 녹은 금속 물질들은 독성을 일으켜 많은 물고기가 죽게 된다. 또한, 살아 남은 물고기는 체내에 금속 물질이 농축되어 있어서 그 물고기를 잡아먹는 다른 동물이나 사람에게까지 피해를 입히게 된다.

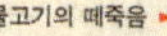
물고기의 떼죽음 ▶

2. 산성비　**357**

중앙교육진흥연구소에서 발행한 교과서(2010년 현재 사용 중) 357쪽의 산성비 관련 내용 중 산성비로 인한 피해 부분

바위밖에 없어서 산성비를 중화시킬 만한 물질이 아무것도 없습니다. 그래서 그 산성비를 중화하기 위해서 석회를 뿌리기도 한다고 들

었어요. 그곳에는 산성비를 중화시킬 수 있는 물질이 아주 적었던 거
죠. 그런데 그것도 안개 속을 걸었던 사람이 죽었을 정도로 대기오염
이 지독했던 오래전 이야기입니다. 아마 1950년대쯤이었을 겁니다.
그러니까 그 이야기가 맞는다고 해도 과학이 아니라 역사책에 실려
야 할 내용입니다.”

“그렇잖아도 처제가 스웨덴에 살고 있어서 통화를 해봤습니다. 옛
날에는 환경오염이 아주 심했던 적이 있었다고 해요. 만약 스웨덴에
산성비로 인한 폐해 이야기가 있다면 그 옛날의 것이 아닌가 싶다고
하더군요. 지금은 비를 피하려고 그렇게 애쓰는 사람은 없다고 합니
다. 한국 사람들처럼 비를 맞으면 큰일 날 것처럼 굴지 않는다는 거
죠. 산성비라는 말조차 낯설어 한답니다.”

“제가 아는 외국 사람들도 대개 그렇습니다. 일본도 그렇고요.”

“그렇다고 해도 이해가 잘되지는 않습니다. 무엇보다 한 교수님의
실험에 따르면 콘크리트에 떨어진 물이 알칼리성이 되었는데, 스칸
디나비아 반도가 아무리 깨끗한 지역이었다고 해도 산성비를 중화시
킬 수 있는 물질이 그렇게 아무것도 없었을까요? 그리고 호수에는 대
단히 많은 양의 물이 고여 있었을 텐데, 도대체 얼마나 엄청나게 많
은 양의 강한 산성비가 내려야 그 호수를 산성화시킬 수 있는 걸까
요? 제가 알기로는 한때 스칸디나비아까지 날아갔던 그 스모그는 런
던과 같이 산업화된 도시에서 매연을 멀리 보내기 위해 엄청나게 높
은 굴뚝을 세워서 내뿜은 거라고 하는데, 그래서 멀리 날아간 그것
이 그렇게나 강한 산성비를 만들었을까요? 연기니까 날아가면서 퍼

지면서 약해지기도 했을 텐데요."

"글쎄요, 지난날에 있었던 일이니 지금 제가 뭐라고 단정할 수는 없습니다. 이론적으로만 보자면 중화시키기 힘들 만큼 강한 산성비가 계속 내리거나, 산성비를 중화시킬 만한 물질이 없다면 그럴 수도 있겠죠."

"예…, 실험실에서 최악의 경우를 상정하고 실험을 하면 그런 상황을 만들 수는 있겠다는 말씀으로 들리네요."

"제가 장담할 수 있는 것은 현재 한국의 경우라면 그런 일이 거의 일어날 수 없다는 겁니다."

"그렇잖아도 한국의 상황이 궁금해서 옛날 신문을 좀 찾아봤습니다. 우리가 언제부터 산성비를 이렇게 심각하게 여겼는지 알고 싶었거든요. 1989년 임업연구원 발표에 따른 내용을 기사화한 건데요. '서울 홍릉 임업시험림 지역이 최저 3.7과 최고 7.6으로 평균산도가 4.7이었고, 울산공단 주변 산림은 최저 3.7과 최고 7.5로 평균 5.1, 강원도 평창은 최저 4.1과 최고 7.7로 평균 5.8로 나타나 산업공해 등 오염도가 적은 산악지대도 이미 산성비의 피해를 받고 있는 것으로 밝혀졌다'(《조선일보》 1989년 8월 24일)고 합니다. 이 기사의 내용을 어떻게 받아들여야 할까요?"

"음… 20년이 넘은 기사네요."

"예. 1989년입니다. 한 교수께서 직접 서울대의 건물 옥상에서 받은 빗물의 산성도가 pH 5.6의 약한 산성이었고, 겨우 먼지 묻은 지붕을 거쳐서 내려왔을 뿐인데 알칼리성이 되었다고 하셨죠? 그런데 숲에 내린 비가 어떻게 그보다 더 심한 산성이 될 수가 있나요? 그리고 강원도 평창의 경우 가장 강한 산성을 보인 것이 4.1이었다면, 그 사실을 어떻게 설명할 수 있을까요? 특히 숲에 비가 내릴 경우 그 빗물이 더 강한 산성으로 변할 가능성이 있나요? 1989년이라고는 하지만 그곳은 강원도 평창인데 말입니다."

참고로 빗물의 산성도가 3.7이나 4.1이라면 아주 강한 산성비에 해당한다. 우리가 익히 알고 있듯이, 산성도를 나타내는 pH 수치는 낮을수록 강한 산성을 나타낸다. 그러니까 pH 7은 중성이며 그보다 숫자가 낮으면 산성이 강해지고, 그보다 높으면 알칼리성이 강해진다. 숫자 1의 차이는 10배의 차이고 2의 차이는 100배, 3이면 1,000배가 된다. 예를 들어 pH 4는 pH 5에 비해 10배 강한 산성이며, pH 3은 pH 5에 비해 100배 강한 산성이라는 뜻이다. 참고로 우유는 pH 6.4~7.6으로 대개 중성이다. 오렌지 주스는 pH 2.2~3.0, 콜라는 2.5, 요리에 쓰이는 식초는 3.0 정도로 강한 산성이다. 유황 온천은 다 같지는 않겠지만, 한무영 교수가 가본 일본의 하코네 온천은 2.7이었다고 한다.

"평균 수치는 아무런 의미가 없습니다. 가장 강한 산성도가 의미가 있죠. 그런데 pH 3.7이나 4.1은 강한 산성비인데 숲에서 받은 빗물의 산성도가 그 정도라는 게 쉽게 이해되지 않습니다. 혹시 당시 그 지역에 특별히 대기오염이 심했던 이유가 따로 있었다면 그럴 수도 있긴 합니다. 그런데 이 기사에서 제시한 산성비의 산성도를 어떻게 쟀는지는 알 수 없지만, 모든 경우에 pH 수치가 7이 넘는 알칼리성 비가 있었다는 것도 좀 이상합니다. 깨끗한 공기를 통과한 빗물의 pH가 5.6 정도거든요. 그러니까 자연 상태에서 그보다 pH 수치가 높은 알칼리비가 내리는 경우는 아주 드뭅니다. 황사비가 그런 드문 경우 가운데 하나죠. 그런데 황사가 있을 때 내린 비라면 pH 3.7이나 4.1이 될 수가 없거든요. 어쩌면 알칼리성으로 나타난 pH 7이 넘는 빗물은 비가 내린 뒤에 땅바닥에 고여 있던 물이 아니었나 싶어요. 만일 그렇다면 이 기사의 산성도 수치는 제가 실험한 결과와 비슷하다는 증거가 될 수도 있겠습니다. 아무튼 어떤 방식으로 측정했는지 알 수가 없으니, 이 기사만으로는 상황 파악이 잘 안 되는군요."

"깨끗한 대기 상태라면 빗물의 pH 수치가 7이 넘는 알칼리비가 될 수는 없는 겁니까?"

"없다고 봐야죠. 그건 앞에서도 말했지만 황사가 심할 때 내리는 특수한 경우에만 가능합니다. 황사비의 pH 수치는 7이나 8까지도 갑니다. 그건 이미 잘 알려진 사실입니다. 사실 황사가 있을 때 알칼리비가 내린다는 것만 봐도 알 수 있는데요. 빗물이 땅에 떨어지면 중화되어 알칼리성이나 중성이 될 거라는 건 누구나 알 수 있는 사실입니다. 한국의 토양에는 오랫동안 날아온 엄청난 양의 황사가 섞여 있거든요. 1년에 100만t 이상이라고 합니다. 그러니까 앞에서 본 과학 교과서의 내용이 맞는다고 해도, 한국에서는 그런 문제가 발생하기 어렵습니다. 한국에는 산성비를 중화시킬 수 있는 물질이 충분하거든요."

"말씀에 따르면 이 기사가 '피해의 증거'라고 제시하는 산성비의 산성도는 도저히 그 증거가 될 수 없는 거네요. 그런데 이 기사는 제목부터가 '산성비 산림 피해 심각'이고요, 결론은 '산업공해 등 오염도가 적은 산악지대도 이미 산성비의 피해를 받고 있는 것으로 밝혀졌다'고 되어 있습니다."

"그 결론은 정말로 이해할 수가 없습니다. 무엇보다 특별한 사태가 벌어지지 않는 한 숲의 공기가 서울대의 공기보다 더 나쁘다고 볼 수도 없으니까요. 그리고 숲에 내린 비는 더 강한 산성이 되기보다는 알칼리성으로 바뀔 확률이 더 큽니다. 기사 내용도 그렇다고 말하고 있고요. 어쩌면 이런 식의 기사는 대기오염이 가진 문제를 좀 더 극적으로 경고하기 위해 좋은 의도에서 나온 것이 아닐까 싶습니다. 그래서 실제로 공장이나 발전소 등의 굴뚝에서 나오는 아황산가스와 자동차 배기가스를 좀 더 강하게 규제하게 되었고, 그 덕분에 대기오염 정도가 많이 줄었다고 볼 수 있습니다. 유럽에서도 그렇게들 이야기합니다."

"그렇지만 산성비를 그대로 맞으면 인체에 나쁠 수는 있지 않을까요?"

"글쎄요. 제가 그쪽 전문가가 아니어서 단정 짓기는 어렵습니다. 그러나 그리 나쁘지 않을 거라고 생각합니다. 빗물보다 훨씬 강한 산성을 띤 유황 온천에서 목욕하는 것이 건강에 나쁘다고 생각하는 사람도 있나요? 또 미국의 건강 및 의학 연구위원회의 보고서에 의하면 pH 2.5와 11사이에 있는 음식이나 음료는 건강에 나쁜 영향을 주지 않는다고 합니다. 한국의 경우 아주 강한 산성비라고 해도 앞의 기사에서 본 것처럼 3.7 정도일 겁니다. 지금은 그 정도도 아닐 테고요. 1990년대 말쯤에 본 연구 보고서에 따르면, 3% 정도가 pH 4보다 강한 산성이었다는 내용이 있습니다. 그런데 지금은 아주 특별한 대기오염 사고가 나지 않는 한 한국에서 그런 정도의 산성비가 내리는 경우는 거의 없을 겁니다. 대기오염에 대한 규제가 심해진 데다가 기계장치를 만드는 기술이 발달해서 오염물질을 내뿜는 양이 많이 줄었거든요."

법은 언제나 현실보다 한발 늦다

"그렇군요. 얼마 전에 제가 운전하는 자동차의 배기가스 정밀검사를 받았는데요. 산성비의 원인 가운데 하나가 자동차 배기가스라는 설명을 보고는 자동차 상태를 확인해봤거든요. 그랬더니 질소산화물 배출양이 5ppm밖에 안 되더라고요. 허용 기준은 1080ppm이라고 되어 있던데, 그 기준치에 비해서는 비교도 안 되게 적었습니다. 그런데 이 ppm이라는 단위는 정확하게 무슨 뜻인가요?"

"parts per million의 약자입니다. mg 기준으로 100만은 1ℓ니까, 강 작가의 자동차가 내뿜는 질소산화물의 양은 1ℓ당 5mg이라는 뜻이죠. 퍼센티지로 표현하면 0.0005%가 됩니다. 그런데 법정 허용치가 1080ppm이니까 거의 없는 수준이라고 볼 수 있겠네요. 어쩌면 이 허용치가 역사적인 증거가 아닌가 싶기도 합니다. 이 기준은 아주 오래전에 만들어졌고 그때는 실질적인 역할을 했겠죠. 그러나 오늘날에는 사정이 많이 달라졌어요. 강 작가 자동차처럼 요즘 차에서 나오는 배기가스의 오염물질은 그 옛날에 비해 그처럼 적은 게 현실입니다."

"그렇게 볼 수도 있겠군요. 법이라는 것은 언제나 현실보다 한발 뒤늦게 따라오니까요. 그렇다면 이제 법적인 배출가스 허용치도 수정이 되어야겠습니다."

"그렇게 되겠죠. 어쨌든 대기오염이 문제가 된 뒤에 규제가 강화되면서 여러 모로 좋아지긴 했습니다. 가솔린에서는 납이나 황을 제거했고, 엔진의 성능이 좋아지면서 질소산화물마저 아주 적게 배출하게 된 거죠. 그리고 황이나 질소산화물을 배출하지 않는 천연가스로 운행되는 차나 전기자동차도 만들어졌고, 실제로 운행되고 있잖아요."

"조금 엉뚱한 이야기지만 제 자동차 배기가스로는 자살할 수도 없겠더라고요. 왜, 차고에서 시동을 켜놓고 배기가스로 자살하는 장면이 영화에 가끔 나오잖아요. 그런데 그게 모두 다 배기가스에 포함된 일산화탄소 때문이라면서요? 조금 놀라웠던 건 제 자동차 배기가스 내용을 보니까 일산화탄소 배출량이 제로더라고요. 참고로 제 차는 2004연식입니다."

"그렇군요. 그 정도까지인 줄은 몰랐어요. 아무튼 요즘의 기계장치들이 옛날 것과 아주 다르다는 점은 인정해야겠죠. 그리고 그것이 환경에 대한 경고 때문에 이뤄진 사회적인 합의 때문이기도 했고요. 그렇지만 이제 그 산성비에 대한 오해를 풀 때가 됐습니다. 진실을 밝힐 때가 온 거죠.”

“무서운 산성비라는 이미지가 오히려 환경에는 좋은 영향을 미쳤다고 볼 수 있겠군요. 선생님 설명이 옳다면 산성비는 좋은 의도를 위해 사실을 왜곡한 사례로 봐야 하는 걸까요?”

“그렇게 생각할 수도 있겠습니다. 그러다 보면 이익집단이 생기고, 좋은 의도였던 만큼 그 설명의 타당성을 심각하게 검토할 필요성도 느끼지 못했겠죠. 그러던 것이 이제 전 지구적으로 물 문제에 부닥치면서 검토할 필요가 생겼고 ‘산성비’에 대한 오해가 걸림돌이 된 겁니다. 그런데 산성비에 대한 오해는 한국에서 좀 더 심각한 것 같아요. 제가 국제물학회에서 활동하고 있는데, 외국에서는 이렇게 오해가 심하다는 느낌을 받지 못했거든요.”

“이익집단이라면 어떤 경우를 말씀하시는 건지요?”

“예민한 사안이라 조금 돌려서 설명하겠습니다. 예를 들어, 세차장 같은 곳을 생각해보세요. 비가 조금 내리면 대기 중의 먼지를 자동차에 끼얹는 결과가 되어 지저분해집니다. 세차를 해야 할지도 모릅니다. 하지만 장마 기간 내내 비를 맞았고 특별히 흙탕물이 튀지 않았다면 세차한 것과 비슷한 상태일 겁니다. 그런데도 ‘산성비’를 맞은 자동차는 부식될 수 있으니 빨리 세차해야 한다는 식으로 설명하죠. 그런 집단에서 산성비 괴담을 확대 재생산하고 싶어 하지 않겠어요?”

“결국 이익집단이 생기면 ‘좋은 것’이라는 명분 뒤에 숨어서 필요

이상으로 무엇인가를 하게 만든다는 말씀이시군요."

"그리고 제가 산성비에 대해 이런 이야기를 한 지가 벌써 10년이 됩니다. 그런데 아직 누구도 제가 설명하는 산성비 진실에 대해 공식적으로 비판하는 일은 없었습니다."

"공식적으로 없었다면 비공식적으로 비판하는 사람은 있었나 보죠?"(웃음)

"있었을 겁니다. 제가 보기에 빗물은 물 문제를 해결하는 아주 중요한 열쇠로, 물을 바라보는 새로운 패러다임이거든요. 그리고 빗물을 이용하면 대규모 토목사업의 필요성이 많이 줄어듭니다. 토목사업은 큰돈이 오가는 일이고요. 그러니 만만찮은 저항을 예상할 수 있는 거죠."

"그렇겠군요. 새로운 패러다임은 대개 의도하든 의도하지 않든 기존의 패러다임을 위협할 수밖에 없고, 기존의 패러다임에 속한 사람들의 거부감 또는 저항에 부딪히겠죠."

"그런 벽을 많이 느낍니다."

"구체적으로 어떤 일이 있었습니까?"

내가 처음부터 너무 깊이 나아간 걸까. 한무영 교수는 그 문제에 대해서는 다음 기회에 이야기하자고 했다. 나는 교과서의 내용에 대해서는 확실하게 다짐받고 싶었다.

"아무튼 결론적으로 과학 교과서의 이 부분, '산성비에 의한 피해'에 대한 설명은 사실이 아니군요."

"제가 연구한 빗물은 전 세계 곳곳의 것 전부도 아니고, 세계적으로 산성비가 큰 이슈가 되었던 시절에 연구한 것도 아니어서 '역사적'으로도 그런 일이 있을 수 없다고 단언하기는 어렵습니다. 그러나 적어도 오늘날, 한국의 비는 그렇지 않다고 확실하게 말씀드릴 수 있습니다. 그리고 비가 내리면 조금도 맞지 않으려고 하는 모습은 한국에서나 볼 수 있는 풍경입니다. 서양에서는 그러지 않거든요. 가까운 일본이나 중국도 마찬가지고요. 한국의 산성비만 그렇게 나쁜 건 아닐 텐데 말입니다. 게다가 이 부분은 현재 한국의 환경부 입장하고도 맞지 않습니다. 환경부에서도 '빗물이 바로 모든 수자원의 근원이고, 빗물 관리가 저탄소 녹색 성장을 이루는 원동력'이라고 공언한 적이 있거든요. 산성비가 공해의 주범이 아니라 수자원으로서 값진 것임을 인정한 거죠."

"그렇다면 한 교수께서 이 문제를 좀 더 명확하게 하기 위해, 지금이라도 산성비의 산성도 실험을 확대해보는 것은 어떻겠습니까?"

"어떻게요?"

"현재 대기오염이 심각하다고 여겨지는 대도시 뉴욕, 도쿄, 런던, 파리, 그리고 지금 한창 산업화가 진행 중인 중국의 대도시 베이징 같은 곳에서 선생님이 한 것처럼 빗물의 산성도 실험을 해보는 거죠. 그리고 숲에 내린 비에 대해서도 마찬가지고요."

"사실 해보나 마나 답은 뻔합니다. 그래서 해볼 생각을 하지 않았는데요. 그렇게 해서 산성비에 대한 오해를 조금이라도 풀 수 있다면 할 수 있는 만큼 한번 해보겠습니다."

그러나 뉴욕, 도쿄, 런던, 파리, 베이징 같은 대도시나 그 주변에 내리는 산성비에 대해서 곧바로 답을 구할 수는 없었다. 독자들도 이해하시겠지만, 믿을 만한 실험 결과를 얻기 위해 가장 좋은 방법은 그곳에 가서 '비가 오기를 기다렸다가 빗물을 받아서' pH 수치를 재보는 것이다. 그러려면 시간과 노력, 돈 문제가 발생한다. 물론 그 지역에 사는 사람들에게 부탁해서 정해진 방법으로 빗물을 받아서 pH 수치를 측정하는 방법도 있다. 그러나 그것 역시 바로 처리할 수 있는 문제가 아니다. 이 책이 나온 뒤에라도 해볼 수 있으면 좋겠다는 생각이 든다. 한무영 교수의 설명에 따르면 답은 뻔하겠지만, 해보는 만큼 대중의 믿음은 커질 것이다.

3장

산성비 괴담에 대한 심사숙고

무엇이 옳은가?

한무영은 믿을 만한가?

산성비에 대한 다른 학자들의 생각은?

김준호 교수의 산성비에 대한 생각

토목을 전공했다고 모두 토목마피아가 되는 건 아닙니다

외국 학자들의 반응: 요즘도 산성비 문제가 있나요?

한국 원로 생태학자의 결론

한무영 교수는 숙소에 들어가는 대로 이메일을 쓰겠다고 했다.

"네덜란드와 독일, 일본, 중국에 아는 교수들이 있습니다. 산성비에 대해 물어보죠. 그리고 숲속에서 받은 빗물에 대한 조사는 학교에 돌아가서 해본 다음 결과를 알려드리겠습니다."

외국에서 답장이 오면, 그리고 관악산의 숲속 빗물에 대한 산성도 조사가 끝나면 독자 여러분께 알려드리겠다. 아마 이 장이 끝나기 전에 가능할 것이다.

무엇이 옳은가?

한무영 교수와 산성비 이야기를 나누고 나서 나는 고민에 빠졌다. 그 고민은 이 원고를 쓰고 있는 지금도 다 해소

되지 않았다. 그 이야기를 먼저 해보자. 중요한 문제니까.

　나는 대단한 환경실천가는 아니다. 하지만 오늘날의 문명, 즉 화석연료를 바탕으로 시작된 근대 이후의 문명이 환경에 아주 나쁜 영향을 미쳤다고 믿고 있다. 실제로 그럴 것이다. 설사 산성비가 아무것도 아니라고 해도 화석연료를 바탕으로 한 현대 문명이 반환경적이라는 성격을 부정할 수는 없을 것이다. 그러나 사회적인 문제는 언제나 진실을 바탕으로 논의되어야 한다. 물론 진실이 무엇인지는 알기가 어렵다. 당신이 생각하는 진실과 내가 생각하는 진실, 그리고 그들이 생각하는 진실이 각각 다를 때가 많기 때문이다. 그럴 때는 대화나 타협이 어려워진다. 극단적으로 다를 때는 서로가 서로를 인정하는 것조차 싫어한다. 환경과 관련해서 그런 의미를 잘 표현한 예가 있다.

만약 그럴 의도만 있다면 누구라도 끔찍한 예만을 인용해 이 세계가 정말로 참담한 상태에 처해 있다고 결론 내리는 책을 얼마든지 쓸 수 있다. 또는 지구 환경이 얼마나 잘 유지되고 있는지 보여주는 좋은 얘기들로만 가득 찬 책을 쓸 수도 있다. 이런 종류의 책들은 모두 절대적으로 사실에 입각한 예만을 인용하겠지만, 논증이라는 측면에서 보면 두 가지 주장 모두 쓸데없는 것에 불과하다.

—비외른 롬보르/홍욱희·김승욱, 《회의적 환경주의자》, 에코리브르, 2003년, 63쪽

정말 그럴 것이다. 그러나 이런 사실을 이처럼 잘 아는 사람조차도

어느 정도는 편향된 내용의 글을 쓴다. 이 책, 《회의적 환경주의자》의 저자도 그런 비판을 면치 못했다. 그러나 아무리 그렇다고 해도, 진실을 바탕으로 논의하기 위해 최선을 다해야 한다. 만일 지나치게 과장된 경고를 했다면 그 진실이 밝혀지는 순간 사람들은 다른 경고들까지 의심할 수 있다. 양치기 소년이 되는 것이다. 만일 산성비의 폐해가 환경 재앙을 경고하기 위해 심하게 과장된 것이라면, 아마 나는 나를 의심하게 될 것이다. 괴로운 일이다.

사실 나는 환경문제에 대해 생각할 때마다 우울하다. 심각한 환경문제를 고발하는 내용 때문만이 아니다. 내가 그 문제를 정확하게 판단할 만큼 전문적인 지식이 없기 때문이다. 나는 어떤 메시지든 비판적으로 받아들이는 편이다. 그런데 환경문제에 관한 한 옳고 그름을 판단할 수 있는 지식을 갖추지 못한 상태에서 어떤 것에 대한 내 태도를 결정해야 할 때가 자주 있다. 좀 극단적으로 말하면 내가 지지하는 환경단체(또는 저자)가 결정하면 그것이 옳을 것이라고 받아들여야 하는 때도 있다는 이야기다.

예를 들어, 원자력발전소 문제가 그렇다. 나는 원자력발전소가 안전하다거나, 그것이 청정에너지라는 말이 거짓이라고 설명할 수 있을 만큼 전문적인 지식을 가지고 있지 않다. 그러나 《원자력은 아니다》라는 책을 읽고 생각을 정리했다. 원자력 발전에 반대하기로 한 것이다. 독자들은 아마 이 책에서 뽑은 조금의 글만 읽어도 내가 왜 설득당했는지 이해할 것이다.

핵에너지가 '온실가스의 배출 없이 효율적으로 안전하게' 생산되고 공급된다는 것은 어떤 부분도 사실이 아니다. 실제로 핵에너지는 오늘날 주요 온실가스와 오염물을 방출하고 있으며, 향후 10년에서 20년 동안 기존 에너지원과 마찬가지로 온실가스와 오염물을 생성하리라고 예측된다. 또한 핵에너지는 연구개발을 위해 대학이나 군수산업체에 의존하며, 민간투자자에게는 투자 위험이 너무 높아 납세자 부담의 정부보조금까지 집어삼킨다. 더욱이 체르노빌에서 바람이 불어가는 쪽에 있는 벨로루시의 주민들 가운데 1986년부터 2001년까지 갑상선암을 진단받은 8358명의 사람들이 원자력을 설명할 때 '안전한'이라는 형용사를 선택할지는 의문이다.

원자력은 분명히 원자력산업이 주장하는 것처럼 '환경친화적이며 청정'하지 않다. 왜냐하면 전통적인 화석연료의 막대한 양이 원자로 운영에 필요한 우라늄을 채굴하고 정련하는 데 사용되며, 육중한 콘크리트 원자로 건물을 건설하고 핵반응과정에 의해 생성되는 유해 방사성 폐기물을 운송하고 저장하는 데 사용되기 때문이다. 화석연료를 태우면서 가장 중요한 온실가스인 이산화탄소(CO_2)의 많은 양이 대기로 방출된다. 그 외에도 우라늄을 농축하는 동안 지금은 금지된 프레온가스(CFCs)의 상당량이 방출된다. 프레온가스는 이산화탄소보다 1만~2만 배 더 치명적인 대기의 열잡이 기체(atmospHeric heat trapper)—즉 온실가스—일 뿐 아니라 고전적인 오염물질로서 오존층의 강력한 파괴자다.

—헬렌 칼디코트/이영수, 《원자력은 아니다》, 양문, 2007년, 7~8쪽

이 책을 읽어가면 갈수록 더 강한 충격을 받는다. 원자력의 문제가 이렇게 심각하다는 말인가. 이런 엄청난 문제를 모르고 있었다는 것이 미안하기까지 하다. 그러나 그렇다고 해도 내가 원자력 찬성론자인 전문가와 논쟁할 수는 없다.

언젠가 물리학을 전공한 사람이 내게 물은 적이 있다.

ㅡ그래, 당신이 원자력 발전을 반대한다면 이유가 무엇인가?

ㅡ원자력발전소는 평소에도 방사성 기체와 원소를 내놓는다고 들었다. "원자력발전소가 '관례적으로' 매년 수십만 퀴리의 방사성 기체와 다른 방사성 원소들의 방출을 법적으로 허용"(위의 책, 9쪽)하고 있지 않느냐. 그러면서도 그런 일이 없다고 하지 않느냐. 그런 거짓말을 한다는 것은 뭔가 더 숨기는 것이 있다는 뜻으로 보인다.

ㅡ당신은 우리가 생활하면서, 그러니까 자연 그대로의 상태에서도 꽤 많은 방사능을 쐬고 있다는 사실을 알고 있는가?

ㅡ조금은 있다고 안다.

ㅡ방사능은 의료기기에서 X선 촬영, CT, PET 검사에도 쓰이고, 공항의 짐 검사, 공장에서 용접이 제대로 되었는지, 댐 건설이 제대로 되었는지를 알기 위해서도 방사선이나 방사능 물질을 사용한다. 몸속에도 방사능 물질이 존재하는데 이것은 음식물이나 공기 속에 있는 소량의 방사능 물질이 체내에 들어와서 생기는 것이다. 어쩌면 우리는 약한 방사능을 내놓는 물질로 둘러싸여 있다고 말해도 지나치지 않을 것이다. 그런 사정을 생각할 때 법적인

허용기준치를 적절하게 정했을 수도 있지 않느냐? 그리고 자연스러운 정도라면 문제가 되는 방사능 노출이라고 말할 수 없는 것 아닌가? 그것에 대해서 자세하게 아는가?

—모른다. 나는 방사능 또는 원자력 전문가가 아니다. 길게 설명할 능력은 없지만 《원자력은 아니다》를 읽어보니까 원자력은 대안이 아니라는 것을 알겠더라. 그리고 요즘은 동네 에너지, 그러니까 지역 내에서 자급자족하는 에너지 개발이 대안으로 이야기되고 있기도 하다. 환경운동가인 이유진이 쓴 《동네 에너지가 희망이다》나 《태양과 바람을 경작하다》와 같은 책을 읽어보면, 그런 이야기가 자세하게 나온다.

결국 나는 내가 읽은 책에게로 내 판단의 책임을 미룰 수밖에 없었다. 나는 이 사람의 질문을 받고 당황했고, 바보 같은 대답을 하고 말았다. 이는 아마도 내가 늘 나와 비슷한 신념을 가진 원자력발전소 반대론자들에 둘러싸여 있기 때문일 것이다. 비슷한 신념을 가진 사람들끼리는 이런 식의 대화를 하지 않는다.

지금 생각해보면 이런 정도의 질문에 대해서는 쉽게 대답할 수 있어야 하지 않을까 싶다. 그래야 이성적인 반대론자라고 할 수 있다. 그러나 내가 대답할 수 없는 질문은 이것만이 아니다. 이 사람이 프랑스 사정에 대해서 물었더라도 나는 대답하지 못했을 것이다. 2005년 기준으로 프랑스는 전력소비량의 무려 78%를 원자력에 의존하고 있다. 원자력발전소의 수도 59기로 단연 세계 최고다. 한국은 38%

에 원전 20기를 보유하고 있다. 그러니 프랑스는 한국의 거의 두세 배쯤 된다. 프랑스와 한국 사이에는 벨기에(55%), 스웨덴(52%), 스위스(40%) 같은 대단히 '살기 좋다는' 나라들도 있다(안치용, 《지식을 거닐며 미래를 통찰하다》, 리더스북, 2008년, 320쪽). 원자력발전소가 그렇게 문제가 많다면 저들 나라에서는 왜 저렇게 많은 비중을 두고 있는지, 나더러 설명하라면 못했을 것이다. 다만 그들은 더 이상 원자력발전소를 건설하지 않기로 했고, 현재 가동 중인 원자력발전소는 그 수명이 끝나는 대로 폐쇄하기로 했다는 이야기는 들은 적이 있다. 그런데 그게 독일이었던가? 스웨덴도 포함된다던가? 프랑스는 어쨌는지 모른다.

그조차도 다시 자료를 찾아보고 확인해야 한다. 최근 뉴스를 보면 원자력발전소에 대한 긍정적인 내용이 눈에 띈다. "IPCC는 2007년 발표한 〈4차 평가보고서〉에선 '원자력 발전이 기후변화에 대한 기술적 대안이 될 수 있다'고 발표, 원자력에 대해 부정적이던 유럽연합EU조차 신규 원전 도입을 검토하는 등 전 세계에 '원자력 르네상스'를 여는 데 견인차 역할을 했다"('IPCC 부산 총회 참석 파차우리 의장 인터뷰', 〈조선일보〉, 2010년 10월 11일)고 한다. IPCC는 기후변화와 관련된 전 지구적 위험을 평가하고 국제적 대책을 마련하기 위해 세계기상기구WMO와 유엔환경계획UNEP이 공동으로 설립한 유엔 산하의 국제 협의체다. 이 기구는 기후변화 문제의 해결을 위한 노력이 인정되어 2007년 노벨 평화상을 수상했다. 그런 단체가 원자력발전소에 대해서 긍정적인 입장을 취했고, 유럽연합조차 신규 원전 도입을 검토한다면 그것이 위험할지는 모르지만 최선의 대안일 수도 있다는 뜻이 된다.

물론 원자력 반대 운동을 하는 전문가라면 이 문제에 대해서도 '한마디' 할 수 있겠지만, 나는 그렇지 못하다. 그러면서도 《원자력은 아니다》《원자력 신화로부터의 해방》 같은 책을 읽어보면 원자력에 대해 반대하지 않을 수가 없다.

이런 점들이 나를 우울하게 한다. 그러나 이런 정도의 이야기로 내 신념이 흔들리지는 않는다. 내가 《원자력은 아니다》의 내용을 믿는 이유는 한 가지가 더 있다. 이 책의 설명이 근거를 갖춘 논리로 설득력이 있을 뿐 아니라 저자가 믿을 만하기 때문이다.

헬렌 칼디코트Helen Caldicott는 의사였다. 그녀는 반핵 운동가가 되었고 노벨 평화상 후보에 오르기까지 했다. 그녀에 대한 세 개의 다큐멘터리 필름은 모두가 상을 받았다. 원자력발전소의 홍보 담당자의 설명보다 이런 운동가의 설명에 더 귀를 기울이는 이유는 대개 자기 이익과 상관이 없는 사람의 말이기 때문이다. 원자력을 전공한 사람이나 원자력발전소의 홍보 담당자의 설명은 좀 의심스러울 수밖에 없다. 그들은 그것이 자기네들의 존재 이유이기 때문에 일반인들에게 원자력발전소의 나쁜 점을 자세하게 설명해줄 리가 없다. 이 점은 중요하다. 이해 당사자의 설명은 아무래도 가려서 들어야 한다. 원자력문화재단이 기획한 책이라면 더욱더 그렇지 않겠는가.

한무영은 믿을 만한가?

빗물과 관련해서 한무영 교수의 설명이 믿을 만하다고 생각하는 이유는 그가 물과 관련된 세계적인 '전문가'이기 때문만은 아니다. 그의 설명이 너무나 간단해서 누구나 이해하기 쉽기 때문만도 아니다. 그의 빗물 예찬은 자신의 이익과 정반대되는 경향이 있기 때문이다. 한무영 교수는 원래 토목을 전공했던 학자다. 물을 처리하는 전문가였다. 그는 그 방면에서 세계 최고의 논문상을 받은 적도 있다. 사실 그가 썼다는 그 논문의 제목을 보아도, 설명을 들어도 대충 '뭐 그런 게 있나 보다' 싶을 정도로 잘 알 수 없는, 전문적인 내용이다. 그가 연구했던 주제 가운데 이런 것이 있다. 〈Flotation이론: Bubble Particle Collision 모델링〉이 그것이다. Flotation은 한글로 물 위에 뜸, 부유쯤 된다. Bubble은 거품이고, Particle은 입자, Collision은 충돌이다. 이렇게 한글로 모두 옮겨 보아도 무엇에 대한 이론인지 잘 모르겠다. 말하자면 이렇게 전문적인 분야를 연구하던 학자였다. 만일 자기 이익 쪽으로 관심을 가졌다면 빗물 같은 것에 관심을 가질 이유가 없다. 댐 건설이나 대규모 토목 사업에 참여하려고 했을 것이다. 말하자면 토목마피아의 일원이 되려고 했을 것이다. 그랬다면 그는 좀 더 수월하게 돈을 벌 수 있었을 테고, 기득권층에 쉽게 진입할 수 있었을 것이다. 한무영 교수는 그 이름만으로도 권위를 인정받는 미국의 박사 학위를 가진 서울대학교의 교수가 아닌가.

그런데 그런 그가 어느 날 갑자기 빗물 연구로 방향을 바꿨다. 어쩌면 그럼으로써 그는 큰돈을 만질 수 있는 가능성에서 점점 더 멀어졌는지도 모른다. 왜 그랬는지 그의 설명을 들어보자.

"21세기가 시작된 2000년 가뭄 때였을 겁니다. 가뭄이 심각해지자 늘 그렇듯이 많은 전문가들이 가뭄을 위한 대책을 내놓더라고요. 아시다시피 제 전공도 '수처리' 아닙니까. 그러니 당연히 가뭄을 위한 대책을 생각해보게 되었죠. 그런데 갑자기 앞이 캄캄해지는 겁니다. 처리할 물이 없는데 내게 무슨 대책이 있겠습니까? 그때 한 권의 책을 읽게 되었는데, 그게 바로 일본의 무라세 박사가 쓴《빗물을 모아쓰는 방법을 알려드립니다》라는 책입니다. 이 책의 내용은 빗물을 통해 물 문제를 해결하자는 겁니다. 이 책을 보고 놀랐죠. 갑자기 눈이 떠지는 것 같았어요. 왜 여태 이걸 몰랐을까, 했습니다. 그 뒤에 무라세 박사와 만나 건전한 물의 순환을 회복하고 물 문제를 해결하기 위해서는 빗물만 모으면 된다는 결론에 이르게 되었습니다. 물이 어디서 와서 어디로 가는지에 대한 간단한 자연의 이치도 모르면서 그동안 어려운 방법만 파고들었던 겁니다. 이것이 저를 변하게 했습니다. 그동안 수처리에 대해 공부하느라 쏟아 부은 시간과 돈이 아까웠지만 과감하게 방향을 바꿨습니다. 사회에 도움이 될지, 된다면 언제 어떤 방식으로 될지 알 수 없는 어렵고 복잡한 연구보다 실제로 곧바로 도움이 되는 쉬운 연구가 더 중요하다고 생각한 겁니다. 그래서 빗물 연구를 시작했고 빗물에 대해 사람들에게 알려야겠다고 마음먹었습니다. 그러고 보니 벌써 10년이 됐네요. 이제는 좀 알려진 것 같아요."(웃음)

한무영 교수의 얼굴이 한순간 밝아졌다. 빗물 이야기로 넘어가면 늘 그렇다.

"빗물을 연구하면서 제 성격도 달라졌습니다. 마음이 편하고 즐거워졌어요. 외국에서 빗물을 연구하는 사람들을 만나 보니 그들도 그렇더군요. 아마 남의 것을 빼앗아 쓰려고 하기보다는 누구에게나 주어지는 자연의 선물인 빗물을 공짜로 받아 쓰는 방법을 알려주기 때문인 것 같습니다. 깨끗한 물을 구하지 못해 고통을 겪던 사람들이 빗물을 통해 삶의 희망을 찾는 것을 보며 함께 기뻐하다 보니 저절로 그리 되나 봅니다."

다시 한번 강조하지만 한무영 교수는 상하수도, 수처리, 토목을 전공한 사람이다. 그런데 빗물 연구는 자신의 전공인 토목을 버리는 것이나 크게 다를 바 없다. 그러니 그가 설명하는 빗물에 대한 것에 사심이 개입되었다고 생각하기 힘들다.

사실 한무영 교수의 빗물에 대한 설명은 너무나 쉽고 간단해서 그의 설명을 엉터리라고 '비공개적으로' 비난하는 사람들도 있다. 그런데 그의 설명이 엉터리라고 말하는 이유를 물어보면 답이 없다. 설명도 해주지 않고 엉터리라고 몰아붙이는 식이다. 내가 아는 환경대학원의 한 학생도 비공식적인 자리에서 한무영 교수의 빗물 이야기를 꺼냈는데 분위기가 이상해진 적이 있었다고 말해주었다. 토목과의 다른 교수가 화를 내더라는 것이다. 그렇다고 한무영 교수의 빗물 이론이 어디가 어떻게 틀렸는지, 설득력 있게 설명해주지도 않았다고 했다. 이 이야기를 들은 뒤 내가 한무영 교수에게 그런 분위기가 있다는 사실을 아느냐고 물었다.

"뭐, 특별히 구체적이지는 않지만 분위기는 느끼고 있습니다."

그는 밝게 웃으며 말했지만, 쓸쓸한 기색이 스쳤다.

한무영 교수의 빗물 이론은 환경론자들이나 개발론자(토목마피아) 모두에게서 왕따를 당하고 있는 것 같다. 환경론자들은 그동안 산성비를 통해 대기오염, 기후변화, 환경 재앙을 경고해왔다. 그런데 이제 그런 산성비는 없다, 또는 아주 드물다고 설명하는 한무영 교수가 쉽게 받아들여지지 않을 것이다. 내게 산성비가 별것 아니라는 설명을 들은 사람들 가운데 이를 믿지 못하는 사람이 많았다. 그런 사람 가운데 어떤 이는 산성비 이야기를 한참 하다 말고 한무영 교수의 '빗물연구센터'가 어떤 재단의 지원을 받아 설립된 것 아니냐는 문제를 제기하기도 했다. 아마도 '어떤 재단'의 이익과 관련된 것 아니냐는 속뜻이 깔려 있는 듯했다. 좀 과장하면 '음모론'이다. 물론 내가 과민한 것일 수도 있다. 그러나 인터뷰를 하는 사람으로서는 놓칠 수 없는 중요한 질문거리다.

예를 들어, 이런 상황을 생각해보면 쉽게 이해할 수 있다. 원자력문화재단의 지원을 받은 사람이 원자력발전소 찬성 운동을 한다고 해보자. 당연히 그 사람도 나름대로 진실성을 가지고 활동할 것이다. 그러나 원자력문화재단의 입김이 전혀 작용하지 않는다고 말할 수는 없을 것이다. 물론 빗물문화재단 같은 곳은 없다. 빗물을 통해서 큰돈을 벌 수 있는 방법이 없기 때문이다. 한무영 교수의 말을 빌리면 "빗물에 대해서는 그 누구도 관심을 가지고 있지 않았"으니 그

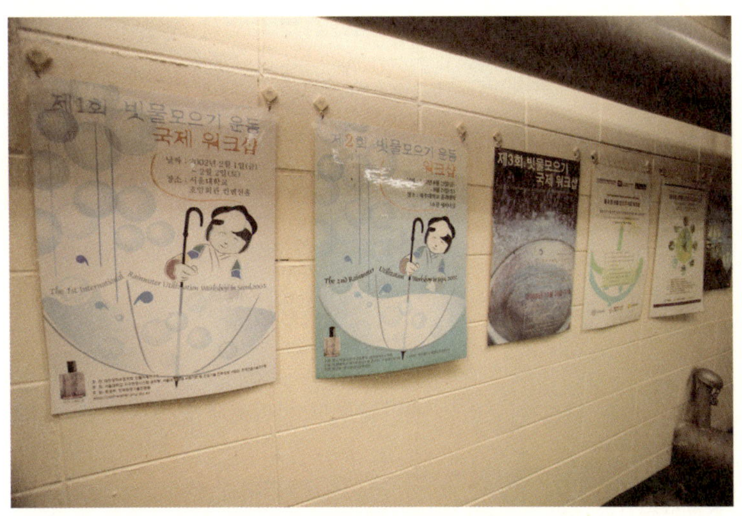

2002년부터 해마다 개최되는 빗물모으기운동 국제워크숍 관련 포스터. 한무영 교수는 이 행사에 빗물 연구로 유명한 학자들을 초청해 세미나를 개최하고, 한국의 사례와 연구 내용을 발표해왔다.

럴 것이다. 그래도 혹시 만에 하나, 빗물을 지배하기 위한 어떤 세력이 빗물문화재단을 설립하고 그 재단에서 한무영 교수의 연구센터를 지원한다면 문제가 된다.

"빗물연구센터를 처음 만드실 때 어떤 재단에서 특별한 도움을 받으신 적 있습니까?"

"없습니다."

"그러면 어떻게 설립하고, 또 운영하시는지요?"

"제 사비로 설립했고, 제 사비로 운영하고 있습니다. 그간 누구의 도움도 받지 않았습니다. 빗물에 대해 그 누구도 관심을 가지지 않았어요."

"정확하게 몇 년에 설립된 겁니까? 전에 10년쯤 되었다고 하셨습니다만."

"제가 말씀드린 적이 있는데요. 2000년에 빗물에 대해 알게 되었고, 그것을 조직적으로 사람들에게 알려야겠다고 마음먹은 것이 2002년입니다. 그해에 서울대학교 빗물연구센터를 만들었습니다."

"그러면 서울대학교에서 운영비나 인건비의 일부를 지원해주나요?"

"아닙니다. 이런 연구소는 개인적으로 설립해서 운영합니다. 그러다 보니 이름뿐인 곳도 많습니다."

이러니 나로서는 그의 설명을 믿지 않을 수 없었다. 그래서 더 괴로웠다. 그의 말을 믿는다면 나는 그동안 동지, 동료들이라고 생각해온 환경주의자들의 주장인 '산성비 폐해'가 과장된 것, 또는 거짓에 가까운 것임을 인정해야 한다.

산성비에 대한 다른 학자들의 생각은?

환경 재앙에 대한 경고가 과장된 것이라면 진실은 무엇인가? 나는 산성비에 대해서 다른 학자들의 설명을 좀 더 구해보지 않을 수 없었다. 그런데 산성비 문제에 대해서는 믿을 만한 자료가 많지 않았다. 산성비는 1980년대부터 환경의 중요한 이슈가 되었고 한국의 고등학교 과학 교과서에 나올 정도가 되었지만, 산성비만을 본격적으로 다룬 자료는 드물었다. 이곳저곳을 샅샅이 뒤져 네 권의 책을 구했다.

- 《산성비》, 김준호, 서울대학교출판부, 2007년
- 《산성비》, 제임스 L. 리건스·로버트 W. 라이크로프트 저/이종렬 역, 대영문화사, 1992년
- 《오해와 오류의 환경 신화》, 디르크 막사이너 등 저/박계수 등 역, 랜덤하우스코리아, 2006년
- 《회의적 환경주의자》, 비외른 롬보르/홍욱희·김승욱 공역, 에코리브르, 2003년

이 가운데 제임스 리건스 외 1인이 쓴 《산성비》는 오래된 도서관에서 빌렸다. 독자들이 이 책을 구하기는 쉽지 않을 것이다. 이 네 권의 책 가운데 가장 잘 알려진 것은 마지막의 《회의적 환경주의자》다. 이 책은 한국에서도 출간되자마자 큰 화젯거리가 되었다. 이 책이 그토록 큰 파문을 일으킨 이유에 대해서는 다음의 서평이 잘 설명해 주고 있다.

《회의적 환경주의자》는 2001년에 영문판으로 출간되면서 엄청난 반향을 일으켰다. 이 책이 출간되기도 전에 영국의 〈이코노미스트〉는 '과학과 기술: 환경에 대한 진실'이라는 제목으로 롬보르가 그의 책 내용을 상세히 소개할 수 있도록 해주었다. 미국의 미디어도 마찬가지였다. 월 스트리트 저널이나 워싱턴 포스트 등은 환경문제에 있어서 롬보르와 비슷한 입장을 갖는 《에코 스캠(Ecoscam)》의 저자 로널드 데일리, 지구 온난화 문제를 부정하는

미국 기업체의 NGO인 지구기후연합(Global Climate Coalition)의 지지자인 데니스 듀톤 등의 서평을 게재해서 이 책을 크게 부각시켰다. 미국의 보수 우파 기관들은 책 출간에 맞추어 롬보르를 의회에 초청해서 책의 내용을 설명하는 기회를 갖도록 주선할 정도로 《회의적 환경주의자》를 환대했다. 이로써 롬보르는 1998년에 사망한 경제학자 줄리안 사이먼을 승계하는 후계자가 되었다.

하지만 《회의적 환경주의자》는 환경론자를 공격하는 진영의 대표적 이데올로그였던 줄리안 사이먼의 영향력을 훨씬 넘어서는 듯하다. 영향력의 핵심 요소 중 하나는 2,900여 개에 달하는 주석과 저자 롬보르의 배경이다. 수많은 문헌의 인용은 그의 논리가 주관적 가치에 의해 일방적으로 구성되어 있지 않고, 아주 과학적이고 구체적인 자료를 기반으로 하고 있다는 인상을 준다. 또 하나는 그린피스 회원이자 좌파였다는 그의 이력과 줄리안 사이먼을 비판하기 위해 깊이 자료를 분석하다 보니 자신이 속한 집단의 오류를 깨달았다는 고백이다. 이것은 그의 논리에 진정성을 더해 주는 역할을 한다. 그래서 이코노미스트나 미국 보수 우파 단체들은 단순한 통계학자가 아니라 진실을 찾아 과거와 결별한 '전향자'임을 강조한다.

《회의적 환경주의자》의 논리를 반박하는 학자들의 반론도 만만치 않았다. 과학 분야의 대표적인 학술지인 Scientific American, Nature, Science 등은 롬보르의 논리적 오류와 자의적 해석을 반박하는 논문들을 특집으로 게재했다. 덴마크 생태위원회(Danish

Ecological Council)나 미국의 주요 환경 연구 기관 등도 이 책의 문
제점을 조목조목 반박하는 입장을 제시하였다.

《회의적 환경주의자》는 한국에서도 큰 반향을 일으키고 있다. 거
의 모든 언론 매체가 대대적으로 이 책의 출간과 의미를 알리는 기
사를 게재했고, 환경 분야 도서로서 적지 않은 판매 실적을 보이
고 있다. 환경 단체 진영 내에서 이 책의 출간에 당혹해하는 것도
사실이다. 하지만 이 책의 문제점을 전반적으로 검토하고 반박하
는 작업은 아직 진행되지 않고 있다. 《회의적 환경주의자》의 국내
판 역자는 "우리 사회 일각에서 만연하고 있는 과도한 생태주의의
세태에" 이 책이 경종을 울려주기를 희망하고 있다. 역자가 피력
하는 희망은 사실 개인의 '소박한 희망'이 아니라 여전히 한국의 지
배 담론인 성장제일주의 세력들이 환경론자들에게 하고 싶은 경
고일 것이다.

—남상민, 〈회의적 환경주의자에 대한 전면 비판〉, 《환경과생명》 2003년 겨울호, (사)환경과생명

내가 이 책에 대해서 이렇게 길게 설명하는 이유는 이 책에 실린
'산성비' 부분을 소개하고 싶어서다. 어느 책이나 다 마찬가지지만 이
책 역시 비판적으로 읽어야 한다. 그것을 새겨두자는 것이다. 그리
고 이 책의 서평은 《녹색평론》 주간이었던 장성익에게서 소개받은
것이다. 내가 《회의적 환경주의자》를 읽고 혼란에 빠져 있을 때 그가
알려주었다. 이 책을 보면서 나는 다시 한번 더 놀랐다. 그것은 그동
안 환경 관련 책을 읽으며 주류 언론에서 알려주지 않는, 또는 주류

언론에서 말하는 내용의 이면을 알게 되면서 가지게 된 관점을 다시
한번 더 뒤집는 것이었기 때문이다. 이 책이 내게 '다시 생각해 보라'
고 한 제안은 세상이 계속 나빠져왔던 것은 아니라는 점이었다. 오히
려 좋아지고 있는데, 비관주의자들이 마치 지구의 종말이 다가온 것
처럼 호들갑을 떤다는 것이었다. 그러면서 제시하는 근거들이 꽤 설
득력 있었다.

　예를 들면, 평균수명과 빈곤 문제에 대한 것이다. "1900년에 인류
의 평균수명은 30세였지만 오늘날에는 67세다. 유엔에 따르면 지난
50년 동안 인류는 그전 500년 동안보다 훨씬 더 많은 빈곤을 퇴치했
다. 현재도 사실상 모든 나라에서 빈곤 퇴치가 진행되고 있다."(57쪽)
식량문제도 그렇다. 아직도 개발도상국 국민의 18%가 굶주리고 있
다고 하지만, "굶주리는 사람의 수가 전 세계적으로 계속 줄어들고
있다는 점이다. 1970년에는 개도국 국민의 35%가 굶주림에 시달렸
다. 1996년에는 그 수치가 18%였으며, 유엔은 2010년까지 이 수치
가 12%로 줄어들 거라고 전망한다. 굶주리는 사람의 수가 2억 3700
만 명 줄어든다는 사실은 놀라운 발전이다. 오늘날까지 20억 명이
음식을 충분히 구할 수 있는 사람들의 대열에 추가로 합류했다." 이
책의 저자 롬보르는 식량문제를 이야기하면서 여기서 끝맺지 않는
다. 그래서 더 설득력이 있다. "식량 사정이 이렇듯 엄청나게 개선되
었지만 2010년에도 여전히 6억 8000만 명은 굶주리고 있을 텐데, 이
는 분명히 '충분히 좋은' 상황은 아니다." 저자인 롬보르는 그렇지만
좋아지고 있는 것은 사실이 아니냐고 말하고 있다. 말하자면 지금까

지의 인류는 잘해오고 있었다는 것이다. 나는 이 비슷한 시점에 매트 리들리의 새로운 저작물인 《이성적 낙관주의자》를 읽었는데, 이 책에서 말하는 초점이 롬보르의 것과 비슷했다. 지금 지구는 종말로 향해 치닫고 있는 극단적인 재앙의 상태가 아닐 뿐 아니라, 인류의 지혜는 현재의 문제를 그동안 그래 왔듯이 해결할 것이며, 역사가 발전해왔듯이 좋아질 거라고 했다. 개인적으로 나는 매트 리들리의 전작들, 예를 들면 《본성과 양육》《붉은 여왕》《이타적 유전자》들을 읽었고, 저자에게 호감을 가지고 있었다. 그래서 롬보르의 논지를 완전히 거부하기 힘들었는지도 모른다.

아무튼 《회의적 환경주의자》의 저자인 롬보르는 위에서 설명한 방식으로 통계를 인용하며 환경주의자들에게 이렇게 말한다.

"지구의 환경문제가 심각하다고? 그건 당신 생각일 뿐이야. 사실은 달라. 현실을 제대로 보면 그렇지 않다는 것을 알게 될 거야!"

이런 메시지에 대해 앞에서 소개한 서평을 쓴 남상민은 이 책에서 보여주는 현실은 "통계로 조작해낸 세상"이라고 말한다. 사실 통계는 어떤 방법으로 만들어졌느냐에 따라 상당히 다른 해석이 가능하다. 오죽하면 《통계로 거짓말하는 방법How to Lie With Statistics》이라는 책까지 있겠는가. 그리고 마크 트웨인의 말도 떠오른다. "이 세상에는 세 가지 거짓말이 있다. 거짓말, 새빨간 거짓말, 그리고 통계다." 그만큼 통계는 잘못 해석될 경우 아주 다른 이야기를 할 수 있다. 통계를 수치만 인용할 때 오해의 소지는 더 커진다. 남상민은 그런 예들을 지적한다.

통계의 가치 부여와 양적·질적인 차이를 구분하지 않고 현상을
하나의 통계 수치로 획일화해서 현상을 평가하려는 롬보르의 방
식은 무수히 많이 발견된다. 롬보르는 어획량의 변화 추세를 얘기
할 때 양식 어업 어획고까지 포함시켜 어획 자원의 문제를 호도한
다. 삼림 문제에서는 원시림과 2차 삼림, 목재 생산을 위한 인공
조림지를 구분하지 않는다. 그에게는 양적 수치만 중요하고, 질적
차이는 의미가 없다.

—남상민, 위의 글

사실 내가 확인할 수 있는 그런 식의 통계 오류도 있었다. 예를 들
면 이런 내용이다.

1915년경에 태어난 개도국 젊은이들의 75%가 문맹이었던 반면에
오늘날 젊은이들은 겨우 16%만이 문맹이다. 그리고 1970년에는
깨끗한 식수를 먹을 수 있는 개도국 국민이 전체의 30%에 불과했
던 반면 오늘날에는 80%로 증가했다.”

—《회의적 환경주의자》, 60쪽

먼저 문맹률 문제는 수치 자체에 대해서도 믿음이 가지 않는다.
한국의 경우만 해도 1915년에 문맹률을 조사한 적이 있는지 의문이
다. 만일 조사했다고 해도 어떤 식으로 조사했는지 알아야 한다. 그
저 자기 이름만 쓸 줄 알면 문맹이 아니라고 하는 경우도 있고, 최소

한의 독해력과 산술 계산을 할 줄 아는 것을 검증해서 문맹인지 아닌지를 가릴 수도 있다(물론 이런 경우에는 문해라는 용어를 쓰긴 하지만). 2001년 한국에서 이뤄진 문해율 조사 결과*를 보면 놀랍다. 문서를 읽고 이해할 수 있는 것을 기준으로 볼 때, 일상생활이 가능한 수준은 22%쯤밖에 되지 않는다. 책을 읽어내고 제 생각을 글로 표현해낼 수 있는 사람의 숫자는 겨우 2.4%밖에 되지 않았다. 게다가 문서를 제대로 이해하지 못해서 일상생활이 불편한 수준이 75%, 이 가운데 38%는 거의 이해하지 못하는 최저 수준이었다. 이 조사 결과는 사실 믿기 어려울 만큼 놀랍다. 한국에서는 80%가 대학에 진학한다고 하지 않는가. 이처럼 조사 방법과 기준에 따라 결과는 엄청나게 달라질 수 있다. 그러니 문맹률을 저렇게 뭉뚱그리는 것은 '진실'을 아는 데 아무런 도움이 되지 않는다. 깨끗한 식수문제도 마찬가지다. 만일 깨끗한 식수가 '수돗물'만을 이야기하는 것이라면 정말로 엉터리 같은 통계일 수 있다. 특히 저개발국가에서는 '깨끗한 우물물 또는 깨끗한 빗물'을 사용하는 경우도 많기 때문이다. 이런 문제들 때문에 수치만을 인용하는 통계는 거짓말을 하기 쉽다.

그렇지만 이 책에 실린 '산성비' 부분은 그런 식의 설명이 아니었다. 대기오염을 다룬 부분에서는 정체를 정확하게 알 수 없는 통계

---

* 이희수·박현정·이세정, 〈OECD 조사도구로 본 한국 성인의 문해실태와 과제〉, 《韓國教育》 제30권 제3호(2003. 12), 229~256쪽.

수치가 많았지만 '산성비' 부분은 그렇지 않았다. 그래서 한무영 교수와 함께 그 부분에 대해 이야기를 나눠봤다.

"《회의적 환경주의자》산성비 부분 읽어보셨죠? 그 부분의 설명에 따르면, 산성비는 우리에게 알려진 것처럼 그런 피해를 주지 않았다고 봐야 하겠던데요. 그렇게 보면 결과적으로 선생님의 주장과 비슷하다고 볼 수 있고요. 제가 제대로 본 건가요?"

"예, 제가 보기에도 잘 통제된 실험 결과였던 것 같습니다. 믿을 만하다고 생각되고요."

이 책에 소개된 실험의 내용은 다음과 같다.

산성비에 대한 두려움과 단호한 주장들 때문에 수없이 많은 과학조사가 이루어졌다. 미국의 공식적인 산성비 연구 프로젝트인 전국산성강수조사계획(NAPAP, National Acid Precipitation Assessment Program)은 세계에서 규모가 가장 크고, 가장 오래 지속되고, 가장 돈이 많이 들어간 환경 관련 연구 프로젝트였다. 거의 10년 동안 시행된 이 연구에는 700여 명의 과학자들이 관여했으며 5억 달러의 비용이 들었다. 산성비가 삼림과 호수, 건물에 미치는 영향을 파악하기 위해 연구자들은 온갖 종류의 문제점을 철저히 조사했다.

—《회의적 환경주의자》, 410~411쪽

이 실험은 숲과 호수, 건물에 미치는 영향에 대해 광범위하게 조

사했는데, 대표적으로 숲에 대해서만 이야기해보자. 호수나 건물에
미치는 영향 역시 숲에 대한 영향과 대동소이한 결과를 보이기 때문
이다. 결론부터 말하자면, 유엔이 1997년에 조사한 삼림 현황 보고
서에서 내린 결론처럼 "1980년대에 많은 사람들이 예언했던 대기오
염으로 인한 유럽 삼림의 광범위한 죽음은 실제로 발생하지 않았다"
(위의 책, 413쪽)는 것이다. 다음은 숲에 대한 영향을 조사하기 위한
실험과 그 결론이다.

세 종류의 나무 묘목을 거의 3년 동안 여러 농도의 산성비에 노출
시켰다. 산성비가 미칠 수 있는 모든 부정적인 영향을 극대화하
기 위해서 비교적 척박한 땅에서 재배되었다. 그런데 도표에 나타
나 있듯이 세 종류의 나무 모두에서 산성비의 영향은 전혀 감지되
지 않았다. 심지어 미국 동부지방에 내리는 산성비(pH 4.2)보다 산
성이 거의 10배나 강한 인공비를 뿌렸는데도 나무들은 예전과 똑
같은 속도로 성장했다. 사실 NAPAP가 실시한 많은 연구들은 중
간 농도의 산성비(도표에 따르면 pH 4 정도일 때—인용자)에 노출된 나
무들이 오히려 더 빨리 자란다는 사실을 보여주기도 했다. 노르웨
이에서는 이보다 훨씬 오랜 기간 동안 통제된 환경 속에서 몇 건의
실험이 진행되었는데, 여기에서도 역시 결론은 산성비가 초래할
것으로 예측되었던 부정적인 효과들을 "증명할 수 없었다."

—위의 책, 411쪽

삼림과 관련된 유럽의 연구들도 NAPAP와 같은 결론을 얻었다. 따라서 유엔과 유럽위원회가 1996년에 발표한 삼림 상황에 대한 연례 보고서는 "대기오염이 [삼림] 피해의 원인으로 파악된 사례는 소수에 불과하다"는 결론을 내렸다.

—위의 책, 413쪽

《회의적 환경주의자》의 '산성비' 부분의 내용을 그대로 받아들인다면 '산성비'의 폐해라는 것은 상당 부분 매우 과장되었다고 볼 수밖에 없다.

김준호 교수의 산성비에 대한 생각

그러나 서울대학교출판부에서 비교적 최근(2007년)에 출간된 김준호의 《산성비》를 보면 완전히 다른 이야기가 나온다. 이 책의 뒤표지에 쓰인 글을 읽어보면 대략적인 방향을 짐작할 수 있다.

산성비는 가장 심각한 환경 훼손의 하나다. 이 책에서는 우선 산성비의 원인이 되는 대기오염물질의 배출에서 강하까지의 과정을 개관하고, 산성비의 특성과 아울러 서울, 한국 및 세계의 산성비 실상과 미래를 전망한다. 산성비에 의한 토양 및 삼림의 훼손과 우리나라에 부하하는 과다한 대기질소강하물이 생태계에 미치는 악영향을 알아본다. 또한 물의 산성화에 따른 민물고기와 기타

수서생물의 피해 상태와 피해 기작, 산성화에 의한 물질의 부식과 사람의 건강을 다루며, 산성화된 생태계를 복원하기 위한 실험적 근거를 제시하고 있다.

—김준호, 《산성비》, 서울대학교출판부, 2007년

내가 이 책을 재미있게 읽었다고 한다면 그것은 단지 산성비에 대한 궁금증 때문이었을 것이다. 전문적인 설명이 많아서 내가 충분히 이해할 수가 없었고, 따라서 비판적으로 읽기는 어려웠다. 수많은 도표와 화학식, 그래프가 나왔다. 그래서 한무영 교수에게 이 책에 대한 평가를 부탁했다.

"김준호 교수의 《산성비》를 보면 무엇보다 산성비에 대한 정의가 애매합니다. pH 7 이하는 산성이니까 pH 7 이하인 빗물은 모두 산성비인가? 그렇다면 이 세상의 비는 거의 모두가 산성비입니다. 대기가 깨끗한 상태일 때의 빗물이 pH 5.6으로 산성이기 때문입니다. 알칼리성을 나타내는 경우는 황사나 모래바람이 심할 때 내리는 비처럼 특별한 경우밖에 없습니다.

또 화학적인 이야기가 많이 나옵니다만, 전하균형charge balance에 대한 부분은 설명이 명쾌하지 않습니다. 모든 물은 음이온과 양이온이 평형을 이루고 있는데, 평형을 이루고 있지 않을 경우 부족한 부분에 대한 설명이 없거나 고려되지 않고 있습니다(위의 책, 42, 52, 59쪽의 도표와 설명). 사실 전하균형이라는 개념은 화학의 ABC와 같은 것입니다. 그리고 산성비에 대한 모의실험을 위해서 인공적으로 산성비를 만들었다는 설명을 보면 좀 이상합니다(위의 책, 125쪽). 물에 황산을 타서 pH 4.0으로 맞췄다고 했는데, 어떤 물에 황산을 탔다는 설명이 없습니다. 인공 빗물을 그렇게 만든다는 것은 난센스입니다. 그러면 실제 빗물과 같다고 볼 수 없거든요. 그 실험 결과는 당연히 실제와 다를 수 있습니다.

게다가 8장부터 11장까지의 내용은 주로 스칸디나비아반도에 있는 나라들의 이야기입니다. 그곳의 호수는 산성이 되기 쉽습니다. 지형의 특성상 빗물을 중화시킬 수 있는 진흙 같은, 말하자면 호수 바닥에 빗물을 중화시킬 흙이 충분하지 않기 때문입니다. 그래서 그것을 해결하기 위해 호수에 석회석을 넣기도 했어요. 이 책에서도 나오듯이 대기오염이 없어도 빗물은 pH 5.6의 산성이므로 이곳의 호수는 산성화될 수밖에 없는 측면도 있습니다. 그러나 한국의 경우에는 빗물이 땅에 닿자마다 중화되기 때문에 그런 일은 생길 수 없습니다. 수십만 년 동안 황사가 날아와 쌓였기 때문에 산성비를 충분히 중화시킬 수 있습니다. 《산성비》의 177쪽에 나오는 한국 호수의 산성도를 조사한 도표를 봐도 그런 점은 증명됩니다. 한국의 주요 하천과 주요 저수댐의 물 모두가 중성에 가까운 약한 알칼리성으로 pH 7.3~8.4라고 하잖습니까. 그러니까 8장에서부터 나오는 산성비로 인한 민물고기의 수난이나 수서생물의 문제에서부터 산성화된 생태계의 복원 같은 주제는 한국의 상황과 전혀 상관이 없는 겁니다. 먼 나라의 이야기죠. 그런데 그 먼 나라에는 이미 산성비에 대해 관심을 가지는 사람이 거의 없습니다. 산성비라는 말조차 낯설다고 합니다. 이것은 현지 학자들의 말입니다. 대기를 오염시키는 공장에서 내뿜는 연기나 자동차 배기가스에 대한 규제가 심해졌고, 기술도 발달했을 뿐 아니라 사람들의 인식도 많이 바뀌었기 때문입니다. 그런데 왜 한국에서 한참 지난 옛날의, 그것도 유럽 이야기를 가지고 이러는지 도무지 알 수가 없습니다. 그리고 토양이 산성화되거나 삼림이 황폐화되는 이유는 복합적입니다. 단지 산성비 때문에 그리된다고 볼 수는 없습니다."

《산성비》의 저자 김준호는 서울대학교를 졸업했고, 서울대학교 대학원에서 이학 석사와 박사 학위를 받았다. 공주사범대학과 서울대학교 교수였고, 한국식물학회, 한국생태학회, 한국생물과학협회 회장을 지낸 학자다. 그리고 지금은 서울대학교 명예교수, 대한민국학술원 회원이다. 대략 1990년부터 한국환경교육협회, 환경운동연합처럼 여러 환경 관련 단체에서 왕성하게 활동했다. 중학교 국어 교과서에 실린 〈대숲의 사계〉라는 글의 저자이기도 하다. 이런 경력을 볼 때, 산성비에 대한 생각을 확인해주는 학자로서 그간 역할을 해왔을 것이다.

한무영 교수는 최근(2010년 11월 8일) 〈이투뉴스〉에 칼럼을 썼다.

"산성비 괴담에 관한 글 재미있게 읽었습니다. 제목이 〈저탄소 녹색 성장의 걸림돌, '산성비 괴담'〉이었죠?"

"예. 현재 한국 사회에 유포된 잘못된 상식에 대한 이야기를 좀 짚고 싶었습니다.”

“사실 산성비가 별것 아니라는 설명을 처음 들었을 때 저 또한 무척 혼란스러웠습니다. 힘들었어요.”

“아니, 왜요? 왜 힘 드셨나요?”

내 말을 들은 그가 좀 놀란 듯, 되물었다. 인터뷰어와 인터뷰이가 순간 뒤바뀐 것이다.

“대단한 환경실천가는 아니지만 평소 환경운동에 대해 적극 찬성하는 입장이었습니다. 그런데 산성비에 대한 설명을 들은 뒤부터 제가 마치 ‘회의적 환경주의자’가 된 것 같습니다.(웃음) 롬보르의 책인 《회의적 환경주의자》를 읽고는 한 교수님 이론 쪽으로 더 많이 기울었거든요. 물론 롬보르의 책도 제가 가진 기본적인 생각과는 반대되고 부딪치는 면이 분명 있습니다. 하지만 산성비 부분에서는 설득력이 있어 보였어요.”

“그러셨군요. 저도 산성비 부분은 충분히 공감이 갔습니다.”

“그다음에 김준호 교수의 《산성비》를 읽었어요. 제가 보기에도 이 책은 논리적인 단점을 많이 가지고 있어서 믿음이 덜 갔습니다. 어쩌면 제가 ‘이미’ 한 교수의 이론으로 기울어진 상태여서 그런 것들만 눈에 띄었는지도 모르겠습니다. 아무튼 그렇다고 해도 저는 화학이나 생물학 같은 전문적인 내용에 대해서는 문외한입니다. 충분히 이해가 되는 것도 아니니 비판적으로 읽어내지도 못해요. 그러니 저로서는 답답한 겁니다. 좀 더 강한 확신을 얻고 싶은 거죠. 아마 이 책의 독자들도 마찬가지일 겁니다. 이 문제는 그리 간단한 게 아니잖습니까? 그동안 가지고 있던 상식을 버리고 새로운 상식을 받아들이는 거니까요. 그러니 할 수만 있다면 선생님과 산성비 괴담의 옹호자, 예를 들면 김준호 교수와 같은 분이 토론하는 걸 보고 싶은 거죠. 만일 공개적으로 토론이 되지 않고, 공개적인 결정이 나지 않는다면 마냥 찬성자와 반대자로 갈린 채 합의점을 찾지 못할 것 아닙니까?"

"그렇죠. 저도 그렇게 공개토론을 할 수 있으면 좋겠어요. 그런데 그게 쉽지 않네요. 얼마 전에 상수도 정책에 공개적인 도전장을 내려고 했던 적이 있습니다. 제가 〈이투뉴스〉에 칼럼을 쓰고 있으니까 담당 기자에게 그런 토론의 장을 만들어보라고 했죠. 그런데 그게 잘 안 되더라고요."

"사실 기득권을 가진 쪽에서 보면 '사회적인 이슈'가 되기 전에 나올 이유가 없지 않겠습니까? 상대해준다는 것 자체가 문제를 인정하는 모양새가 되니까요. 기득권자 입장에서는 이기면 본전이고 지면 모든 것을 잃는 것 아닙니까? 그러니까 비주류가 주류의 상식을 뒤엎기 위해서 토론의 장을 만들어내는 것도 어려운 일입니다. 그들은 이런 공개토론장에서 얻을 것보다 잃을 게 더 많거든요. 그래서 NGO에서는 늘 이슈 파이팅을 하려고 하잖습니까. 끊임없이 문제를 들춰내고, 그 문제에 대해서 토론하려고 하는 거죠. 공개적인 토론은 문제를 공론화하고 해결점을 찾는 지름길이 되니까요. 제가 쓰는 이 인터뷰집이 그 역할을 할 수 있으면 좋겠습니다."

"인터뷰집이 나온 뒤 그런 기회를 가질 수 있다면 제게도 매우 반가운 일입니다. 독자들의 힘을 믿고, 기대해보죠."(웃음)

또 한 권의 《산성비》는 오래전(1992년) 미국의 환경 전문가 두 사람이 쓴 책이다. 피츠버그대학출판부에서 나온 책으로, 영어판 제목을 그대로 옮기면 《산성비 논쟁에 대하여Acid Rain Controversy》이다. 이 책은 영어판의 제목처럼 '논란'에 대해 다루고 있다. 1980년대에 많았던 산성비 논쟁에 대해 좀 더 잘 알 수 있는 자료가 많았다. 그러나 이 책은 주로 '역사적인 것'을 다루고 있기 때문에 오늘날 우리가 이 내용을 어떻게 받아들일 것인가에 대한 문제는 판단이 쉽지 않은 것 같다. 확실한 것은 산성비 문제는 대기오염을 줄이는 데 중요한 역할을 했다는 점이다. 산성비 문제를 해결하기 위해서 화석연료가 만들어내는 배출가스 규제가 시작되었고, 그 규제에 적응하기 위해 산업계에서는 기술 개발에 투자하지 않을 수 없었다는 것이다. 이 책에 따르면, 그러나 그때에도 "과학적 규명이 분명하지 않고 기술이 부분적인 해답밖에 제공하지 못하는 상황하에서 산성비 논쟁은 점점 더 경제적 문제로 초점이 모아지고"(103쪽) 있었다고 한다.

《오해와 오류의 환경 신화》에는 대기오염과 물에 대한 이야기가 있지만 구체적으로 산성비에 대한 이야기는 없었다.

여기까지 조사하고 따져본 뒤 나는 산성비를 통한 환경 재앙에 대한 경고는 과장된 것이라는 결론을 내릴 수밖에 없었다. 독자들에게도 그렇게 말할 수밖에 없다. 적어도 지금으로서는 그렇다. 만일 내가 화학이나 물리, 생태학에 무지해서 이런 생각을 받아들이게 된 것이라면, 다시 한번 더 깨우쳐 달라. 답이 되는 새로운 책이 나오길

기대하며 인터넷을 통하든 토론을 하든, 그런 장이 있다면 기꺼이 달려가겠다. 아마 한무영 교수의 생각도 나와 비슷할 것이다.

토목을 전공했다고 모두 토목마피아가 되는 건 아닙니다

'산성비 괴담에 대한 심사숙고'를 마무리하면서 사족 같지만 한 가지만 덧붙이려고 한다. 토목마피아라는 낱말의 사용에 대한 것이다. 한무영 교수는 자신이 토목을 전공했고 오랜 기간 그 일을 해온 학자로서, 일반 시민들이 편하게 살아갈 수 있도록 해주는 기술을 공부하게 되어 행복하다고 말한 적이 있다.

그것은 아마도 순수한 토목 전공자들 대부분의 생각일 테고, 실제로 그럴 거라고 믿는다. 그러나 우리 사회에서 토목마피아라는 용어가 쓰일 만큼 문제가 있는 것도 사실이다. 이 말에 대해 한무영 교수에게 물어본 적이 있다.

"사실 토목마피아라는 말은 제가 듣기에 편치는 않습니다. 마피아라는 것이 자기 집단의 이익을 위해서 물불을 가리지 않는 조직이잖습니까. 그러니 순수하게 토목기술을 연구하는 학자들 입장에서는 불편한 용어죠. 그러나 그런 용어가 생기는 이유는 이해가 갑니다. 토목이라는 것이 대개 자연을 대상으로 하는 대규모 사업이니, 큰돈이 오가고 정치적인 문제가 되기도 하니까요."

"이번 4대강사업을 비판적으로 보도하는 언론의 글을 보면 토목마피아라는 말이 눈에 띕니다. 그런 기사 가운데 두 가지 흥미로운 내용이 있던데, 한 교수님 의견이 궁금합니다. 기사를 하나 읽어드리겠습니다. 의견을 말씀해주세요.”

사실 '강 죽이기' 사업에 대한 이성적인 논쟁은 이미 끝이 났습니다. 강물을 가두면 썩는다는 지적에 '백두산 천지못은 갇힌 물인데 썩지 않는다'는 이 대통령의 황당한 비유는 코흘리개도 설득시키지 못했습니다. 운하를 만들면 배의 스크루가 돌아가면서 강물을 정화시킨다는 한 학자의 곡학아세는 로봇 물고기의 편대 유영이라는 이 대통령의 블랙 코미디로 환생했습니다. 홍수가 거의 나지 않는 4대강 본류를 파헤치면서 홍수를 예방할 것이라는 후안무치한 거짓말도 더 이상 통하지 않습니다.

그럼에도 이명박 대통령은 국가 기구를 총동원, 심지어 군대까지 '생명의 강 죽이기'에 투입하고 있습니다. 세금 한 푼 들이지 않고 한반도 대운하를 건설하겠다고 호언장담한 게 엊그제 같은데, 수시로 낯빛을 바꿔가면서 운하 전단계로 의심받고 있는 막대한 사업을 자신들의 주머니 돈이 아닌 국민의 혈세를 마구 퍼부으면서 추진하고 있습니다. 그 떡고물을 토목마피아와 지역 토호들이 받아먹고 흥청망청 탕진하겠지만, 이로 인해 파괴된 환경과 오염된 식수는 고스란히 국민들과 후대가 짊어져야 합니다.

—김병기, 〈4대강에 띄우는 편지 2〉, 《오마이뉴스》, 2010년 6월 30일

"무엇보다 이명박 대통령의 '백두산 천지못도 갇힌 물인데 썩지 않는다'는 표현이 적당한 비유입니까?"

"아닙니다. 백두산 천지못과 지금 토목공사로 인해 물이 갇히는 것과는 아주 다릅니다. 그리고 자연환경 자체가 아주 다릅니다. 물은 유기물, 햇빛, 세균이 있어야 썩거든요. 그런데 그런 사정이 아주 다릅니다."

"그리고 한 학자가 스크루가 돌아가면 물이 정화된다고 했다는데 그 점에 대해서는 어떻습니까?"

"강물 전체에 비하면 스크루는 아주 작은 것이어서 그런 효과가 있을 것 같지 않습니다. 아마 대부분의 학자들은 이 말이 틀렸다는 사실을 알 겁니다."

"정말 학자가 그런 말을 했다면 왜 그러는 걸까요?"

"그냥 권력자에게 듣기 좋은 말을 해준 거라고 봐야죠. 사실 토목 전공자로서 이런 상황을 보면 마음이 아픕니다. 어처구니없는 그런 말을 하니 토목마피아라는 소리를 듣는 거겠죠. 그렇지만 토목을 전공했다고 모두가 마피아가 되는 건 아닙니다."(웃음)

"아…, 당연히 그렇겠죠."(웃음)

외국 학자들의 반응: 요즘도 산성비 문제가 있나요?

이 장을 마무리하기 전에 이 장을 시작할 때 언급했던 이야기를 정리하자. 다음은 한무영 교수가 외국인 학자들에게 질문했던 물음에 대한 답을 받은 이메일의 내용과 관악산의 숲에서 측정해본 산성비의 빗물 산성도다.

한무영 교수는 네 사람에게 이메일을 보냈다. 그들이 살고 있는 그 곳에서는 산성비에 대해 어떻게 생각하는지 물었다. 그 넷은 네덜란 드의 델프트대학 교수인 소스텐 슈츠Thorsten Schuetze 박사, 독일의 프 리랜서 건축가로서 주로 빗물 관련 건축물을 담당하는 클라우스 코 니크Klaus Konig, 중국 베이징에 있는 칭화淸華대학 교수인 관 윤타오管 運濤 박사, 도쿄대학에서 학위를 받고 일본의 퍼시픽컨설턴트 사에서 근무하는 김현아 박사였다.

델프트의 소스텐 슈츠는 간단하게 답을 보내왔다.

"옛날, 그러니까 1980년대에는 산성비에 대한 사회적인 이슈가 있 었지만 지금은 아주 적어졌다much less. 그것은 배기가스 규제가 심해 지면서 그렇게 된 것 같다. 그래서 현재로서는 산성비로 인한 삼림의 황폐화나 호수의 산성화, 건물이나 조각상의 부식에 대한 공개된 논 의는 거의 사라지고 없다almost disappeared."

한무영 교수는 클라우스 코니크에게 사진 두 장을 함께 보내주면 서 어떻게 생각하느냐고 물었다. 그 두 장의 사진은 한국에서 산성 비의 폐해를 설명할 때 자주 쓰이는 독일의 숲을 찍은 것이다. 〈독 일 중부의 침엽수림의 변화〉라는 제목을 달고, 침엽수림이 울창한 1970년의 사진 한 장과 나무가 거의 사라진 1985년의 사진을 대비시 킨 것이다. 이 두 장의 사진은 고등학교 과학 교과서를 위한 참고서 에서 많이 인용되고 있다.

클라우스의 편지는 upset이라는 낱말로 시작되고 있었다. 한무영

교수는 클라우스가 I was upset이라고 한 말에 대해 '당황스럽다' 또
는 '놀랍다' 정도로 받아들였다. 클라우스는 그 사진들은 아마도 아
주 오래전 녹색당이 전략적으로 만든 선전물agitation material에 실렸던
것이 아닌가, 싶다고 했다. 지금은 해마다 삼림 면적이 늘어나고 있지
만 나무는 여전히 병이 드는데, 그것은 '산성비 말고도besides acid rain'
다른 여러 가지 이유가 있기 때문이라고 했다. 돌려서 한 말이지만 나
무나 숲이 죽는다면 단지 산성비 때문이겠느냐는 말로 해석된다.

일본에 있는 김현아 박사는 이렇게 답을 해왔다.

"주위 사람들에게 물어봤더니 산성비는 후진국에서나 일어나는
문제로 생각하는 것 같다. 산성비일까 하는 의심 자체가 없어 보인
다. 산성비를 맞으면 대머리가 된다는 생각은 한국 사람들만이 가진
피해망상증으로 비춰질 수도 있지 않을까 걱정된다."

칭화대학 관 윤타오 교수는 자신이 산성비에 대한 전문가가 아니
어서 자신 있게 대답해줄 수는 없지만 주위의 전문가에게 물어봤다
고 했다. 그러면서 조금 초점이 다른 이야기를 했다. 중국의 현재 공
해 수준은 높지만 그것이 일본이나 한국에 큰 영향을 미치지는 않는
다는 것이었다. 그 근거는 이랬다. 1970년대에 일본에서는 자기네 나
라에 내리는 산성비가 중국 때문이라고 했는데, 그때와 지금을 비교
해보면 중국의 공해 수준은 훨씬 높아졌다. 만일 일본의 산성비가
중국 때문이었다면 지금 일본의 산성비 문제가 더 심각한 상태여야
하는 것 아니냐, 그런데 오늘날 일본은 오히려 산성비라는 문제 자체
가 사라진 것처럼 보이지 않느냐. 그 점은 한국도 마찬가지다. 그러

면서 베이징의 산성비 수준은 심각하지 않다고 했다.

　이런 정도면 외국에서 산성비에 대해 어떻게 생각하는지 그 분위기를 대략 알 수 있지 않을까 싶다.

　마지막으로 관악산 숲에서 재본 빗물의 산성도다. 2010년 10월 2일과 3일에 서울대학교 35동 옥상, 그리고 버들골 계곡에서 잰 것이라고 한다. 분명히 산성비가 내린다. 그러나 그것은 곧바로 중성에 가까운 물로 변했고(pH 7이 중성이다), 흙을 만나면 알칼리수가 되었다. 2010년 서울에는 9월까지 많은 비가 내렸다. 그런 뒤지만 빗물은 여전히 알칼리수로 변했다. 이러니 산성비가 내려 토양이나 호수를 산성화시켜서 문제를 일으킨다는 것은 믿기 어려운 일로 보인다.

한국 원로 생태학자의 결론

　　　　　　　　원고를 끝내고 한 달쯤 지난 뒤, 출판사에서 이 책을 편집하고 있을 때였다. 한무영 교수에게서 전화가 걸려왔다. 조금 흥분한 목소리였다.

　"《들풀에서 줍는 과학》이라는 책을 한번 보세요. 원로 생태학자인 김준민 교수께서 쓰신 겁니다. 산성비는 지나치게 과장된 것이라며 조목조목 따져서 설명하고 있습니다."

　나는 곧바로 이 책을 구해 읽었다. 여기에 실린 산성비에 대한 설명은 마치 한무영 교수의 입장을 뒷받침해주기 위해 쓰인 것 같았다.

서울대학교 주변에서 측정한 빗물의 산성도(왼쪽 위부터 시계 방향)
① 35동 건물 옥상: pH 4.6　　② 나무 밑: pH 4.6
③ 흐르는 계곡: pH 6.0　　④ 계곡 옆 웅덩이: pH 6.3
⑤ 화단의 웅덩이: pH 9.2　　⑥ 아스팔트 웅덩이: pH 9.2

먼저 이 책의 주변 상황을 확인해봤다. 저자는 1914년생으로 한국의 식물생태 분야 1세대 학자다. 1946년부터 33년간 서울대학교 생물교육학과 교수로 재직했고, 식물학회장, 생태학회장, 자연보전협회장을 지냈으며, 역시 학술원 회원이었다. 그리고 2010년 12월 3일에 돌아가셨다. 1960년 4·19혁명 이후에 나온 교수시국선언에 참여해, 4·19묘지에 안장되었다. 《들풀에서 줍는 과학》은 93세에 쓴 마지막 책으로, 2007년 대한민국 과학도서상을 받았다.

"이 책을 진작 읽었더라면 돌아가시기 전에 한번 찾아뵀을 텐데…."

한무영 교수는 아쉬움을 감추지 못했다. 그건 나도 마찬가지였다. 나처럼 비전문가가 신념을 가지기 위해서는 더 많은 학자의 설득력 있는 설명이 필요하다. 물론 이 책으로도 충분할 것 같긴 하다. 그러나 직접 만나 뵙고 산성비 괴담에 대한 설명을 들었다면 얼마나 좋았을까.

이 책에 실린 산성비 부분의 제목부터가 '그게 아니'라고 말한다. 〈산림을 죽이는 괴물, 산성비?〉 이렇게 물음표가 붙어 있다. 작은 제목도 그렇게 시작한다. "산성비가 유럽의 삼림을 다 망쳤다고?" 물론 '그렇지 않다'는 말이다. 그리고 "우리나라의 산성비 문제"를 해부한다. 오랫동안 기록된 '산성비 현황'을 그래프로 보여주면서 말이다.

그래프를 좀 더 자세히 살펴보면 몇 가지 의문점을 발견할 수 있다.

첫째, 위에 제시된 도시들의 대기오염 심각도는 서울 – 부산 – 목포 – 춘천 – 제주 순서가 된다. 만약 산성비가 대기오염에서 주로 기인한다면 위의 도시들에서 대기오염도와 산성비 심각성의 순서가 별로 일치하지 않는 것은 왜일까?

둘째, 만약 대기오염이 산성비의 주 오염원이라고 한다면 서울과 제주의 산성도가 거의 유사하고 심각한 정도까지 거의 일치하는 것은 도대체 무슨 이유일까?

셋째, 만약 중국에서 날려 오는 대기오염물질이 산성비의 주원인이라면 중국에 가까운 서울이나 목포의 빗물 pH가 중국에서 먼 춘천이나 부산보다 더 낮아야 할 텐데 현실은 전혀 그렇지 않다. 왜 그럴까?

지난 10년 동안 우리나라에 내린 빗물의 산성화 추세는 사실상 도시의 대기오염도와 거의 관련이 없는 것처럼 보이는데 같은 기간 동안 관측된 대기오염도와 비교하면 더욱 분명히 알 수 있다.

—김준민, 《들풀에서 줍는 과학》, 지성사, 2006년, 132~133쪽

그리고 "유럽과 미국의 산성비 문제, 우려에 그치다"라고 썼다. 결론은 "우리나라도 산성비 공포에서 하루속히 벗어나야" 한다는 것이다.

결론적으로 이제 우리는 그동안 우려했던 산성비 공포에서 벗어나야 할 시점에 이르렀다. 우리나라 빗물의 산성도는 지난 10여 년 동안 거의 차이가 없었으며 그것이 심각한 대기오염에서 비롯

된다는 증거도 희박하다. 중국에서 오는 대기오염물질이 산성비 문제를 악화시킨다는 주장 역시 아직은 충분히 검증되지 못한 상태다. 무엇보다도 우리나라에서는 그동안 산성비로 인한 산림 생태계 피해나 호수에서 물고기가 사라지는 현상 등이 전혀 관찰된 바 없다. 그렇다면 이제 산성비라는 괴물은 우리 시야에서 사라져야만 하는 것이 아니겠는가.

—위의 책, 138쪽

4장

파블로 네루다에게 빗물을

은유는 현실을 바꾸고 싶은 욕망이 만들어낸 어법이다

물 문제는 세상을 바꾸는 문제와 관련되어 있다

빗물은 깨끗한 증류수와 같다

한국에 물이 부족하다니요, 물 관리가 부족한 거죠

빗물은 받아두어도 썩지 않나요?

빗물 관리라면 우리가 최고입니다

빗물이야말로 저탄소 녹색 성장의 주인공이다

아직 비행기 안이다. 하노이까지는 아직 두 시간쯤 더 가야 한다. 《회의적 환경주의자》를 펴 들었다. 책이 무거워서일까(1,068쪽짜리 책이다!) 머리가 무거워서일까, 제대로 읽을 수가 없었다. 기내 영화를 봤다. 〈일 포스티노〉(마이클 래드포드 감독, 필립 느와레 주연)라는 영화였다. 영화 설명을 보니 이탈리아 영화로 원작 소설이 있었다.

은유는 현실을 바꾸고 싶은 욕망이 만들어낸 어법이다

원작은 《파블로 네루다와 우편배달부》다. 이탈리아 영화로는 처음으로 아카데미 작품상 후보에도 올랐다. 원작 소설이 있는 영화는 대개 스토리가 만족스럽다. 스토리가 엉망인 영화는 다 보고 나서도 뭘 봤는지 알 수가 없다.

이야기는 세계적인 시인 파블로 네루다가 이탈리아의 한 섬에서 망명 생활을 하면서 시작된다. 네루다에게 엄청난 양의 우편물이 오고 그것을 배달할 임시직 우편배달부가 필요하게 된다. 조건은 글자를 읽을 줄 알아야 하고 자전거를 가진 사람이어야 한다. 어부가 되기 싫었던 마리오는 이 구인광고를 보자마자 우체국으로 달려가 우편배달부가 된다. 마리오는 파블로 네루다의 시집을 사서는 기회를 봐서 네루다에게 사인을 해달라고 부탁한다. 그렇게 조금씩 가까워지면서 마리오는 '메타포'(은유)라는 낱말을 배운다. 네루다는 은유란 "말하고자 하는 것을 다른 것에 비유하는 것"이라고 한다.

그러나 왜 비유하는가? 왜 그대로 말하지 못하는가? 네루다의 설명을 듣는데 곧바로 이런 질문이 떠올랐다. 은유란 불만스러운 현실을 바꾸고 싶은 욕망이 만들어낸 어법이라고 말할 수는 없을까? 현실에 소원을 덧씌우는 어법으로 볼 수는 없을까? 그래서 어떤 시를 쓰든 시는 결국 변혁을 꿈꾸는 것은 아닐까? 영화에서의 설명처럼 파블로 네루다는 유명한 연애시인이었다. 그리고 공산주의자였고, 사회 개혁을 꿈꿨던 사람이다. 연애시가 사회 개혁과 아무런 관계가 없는 것처럼 여겨지지만 그렇지 않다. 로버트 단턴이 쓴《책과 혁명》(로버트 단턴/주명철, 도서출판 길, 1995/2003년)에서도 그 비슷한 실마리를 찾을 수 있다. 단턴은 이 책에서 프랑스대혁명의 뿌리에 계몽사상을 담은 루소의《사회계약론》과 같은 '위대한 책'만 있는 것이 아님을 보여준다. 오늘날의 기준으로 보면 포르노와 같은 '연애소설'들이 있었다고 말한다. 더욱이 오늘날 우리에게 계몽사상가로만 알려진 몽테스키외, 볼테르, 디드로도 역시 색정적인 작품을 썼다는 놀라운 사실을 알려준다. 그들은 "가장 저급한 외설서와 가장 대담한 정치 논문을 썼다는 사실은 더 이상 그다지 어리둥절한 일이라고 할 수 없다. 자유와 난봉(연애라고 고쳐도 좋지 않을까—인용자)은 함께 연관된 것으로 보이고, 그래서 우리는 은밀한 도서목록에서 가장 많이 팔리는 책들이 모두 닮았음을 볼 수 있는 것이다."(《책과 혁명》, 74쪽)

이 영화를 보면서 '은유'라는 낱말이 내 기억에 남았던 것은 그 당시 한무영 교수와의 이야기들 때문이었는지도 모른다. 한무영 교수는 멋진 비유를 들어 설명하곤 했다. 예를 들면, 한국에는 문맹이 아니라 물맹이 많다고 말한다. 사람들이 물에 대해 잘 모르는 것을 문맹에 비유한 것이다. 그러면서 두 가지를 든다. 하나는 정부에서 발표하는 1인당 물 사용량을 믿지 말라고 한다. 아주 간단하게 수도 요금 고지서를 보면 된다. 그 고지서에는 얼마만큼의 물을 썼는지 표시되어 있다. 그것을 한 달로 나누고, 집안의 식구 수로 나누면 1인당 하루 물 사용량이 얼마인지 알 수 있다. 그러면 대개는 정부가 발표하는 물 사용량보다 상당히 적다는 것을 알 수 있다. 그것을 아는 사람은 드물다. 또 하나는 산성비 문제다. 산성비가 별것 아니라는 사실은 생각보다 쉽게 알 수 있지만, 우리는 그저 '전문가'들이 하는 말을 곧이곧대로 듣기만 했다는 것이다. 전문가들에 의해 가려진 이 물맹의 문제는 한국만의 문제는 아니었던가 보다. 2000년 헤이그에서 열린 '제2차 세계물포럼'에서는 '물을 모든 사람의 관심사로 만들기 Making Water Everybody's Business'로 결의했다고 한다.

KBS의 인기 드라마였던 〈제빵왕 김탁구〉에서 김탁구가 말한, '이 세상에서 가장 재미있는 빵, 가장 배부른 빵, 가장 행복한 빵'이라는 대사가 유행하자, 한무영 교수는 곧바로 빗물이 이 세상에서 가장 재미있는 물이며 가장 배부른 물일 뿐 아니라 가장 행복한 물이라고 설명했다. 그 이야기는 7장에 나온다. 나도 처음 이 이야기를 들었을 때 어떤 방식으로 설명할지 궁금했다. 한무영 교수의 '비유'를 통한 설명 방법은 미국에서 공부할 때 지도교수에게 칭찬을 받기도 했다. 그것은 한무영 교수를 추천한 추천장에도 나온다.

내가 고정관념에 사로잡혀 있는지 모르겠지만, 공학이나 과학 쪽 전공자들은 대개 '문학적'이지 않은 편이다. 이때 문학적이라는 말은 비유나 은유를 써서 의사소통하는 방식이다. 그것은 공학이나 과학의 언어가 아니다. 비유나 은유는 불가능한 현실에 도전하는 강한 욕망이나 바람의 결과로 저절로 생겨난다. 그렇게 보면 공학자나 과학자들 역시 달걀로 바위를 치는 것과 비슷한, 철옹성 같은 불합리한 현실에 도전해서 이를 바꾸려는 강한 의지를 가질 때 문학적인 의사소통 방식이 저절로 샘솟는지도 모르겠다.

물 문제는 세상을 바꾸는 문제와 관련되어 있다

〈일 포스티노〉의 이야기 구성 역시 앞에서 말한 로버트 단턴의 설명과 비슷한 두 개의 축으로 이어지고 있다. 마리오는 시를 배워 베아트리체의 사랑을 얻는 데 성공해서 행복했지만, 결국 노동자들의 집회에서 시 낭송을 하려다가 '아마도 죽음을 맞이한 것' 같다. 시를 통해 사랑하고 그 사랑은 다시 세상을 바꾸는 힘으로 작용한다.

대강 이런 줄거리를 가진 영화에 참 희한하게도 물 이야기가 세 번이나 나온다. 물 이야기는 이 영화의 주된 줄거리와는 상관없지만 감독이 말하고 싶은 메시지를 담고 있는 것처럼 보인다. 영화가 시작되면서 마리오는 아버지에게 말한다.

"물이 없어요, 아버지. 아침에 다 떨어졌어요. 손을 씻으러 갔더니 이미 없었어요."

이게 끝이다. 아버지는 마리오의 이 말에 딴소리를 한다. 어쩌면 주인공은 생활용수조차 변변찮은 가난한 어부의 아들이라는 것을 말하고 싶었는지도 모르고, 사건이 벌어지면서 한 번쯤은 물 문제가 나올 것이라는 암시일 수도 있다. 사소한 액세서리 같은 장치다.

두 번째도 역시 줄거리가 이어지는 것과는 아무런 상관도 없이 물 이야기가 등장한다. 밑도 끝도 없이 파블로 네루다가 마리오에게 말한다.

파블로 네루다: 마리오, 물이 안 나오는데 와서 봐줄 사람이 있을까?

마리오 루폴로: 물이 안 나와요?

파블로 네루다: 그래, 고장이 난 것 같아.

마리오 루폴로: 고장난 게 아녜요!

파블로 네루다: 왜? 그게 정상인가?

마리오 루폴로: 정상이죠. 물탱크에 물이 떨어져서 그래요. 물을 많이 쓰시나요?

파블로 네루다: 필요한 만큼만 쓰지.

마리오 루폴로: 그게 많은 거예요. 여긴 식수 공급선이 한 달에 한 번 오거든요. 그래서 물이 떨어지곤 하죠. 수도를 놔주겠다고 한 게 언제인지 몰라요. 항상 핑계만 대고 있어요.

파블로 네루다: 그런데도 불평이 없나?

마리오 루폴로: 누구한테 하겠어요? 우리 아버진 불만이 많으시죠. 하지만 혼자 그러다 말아요.

파블로 네루다: 사람은 의지가 있으면 세상을 바꿀 수 있어.

이렇게 물 문제는 세상을 바꾸는 문제와 관련된다.

마지막으로 나오는 물 이야기는 선거 때문에 시작된다. 한 후보자가 섬에 수도를 놔주겠다고 공약하면서 선거 기간 동안 인부를 데리고 온다. 그 후보자는 그 이전 선거에서도 수도를 놔주겠다고 공약했던 사람이다. 대개의 이야기에서 정치인들은 거짓말쟁이로 나오듯, 이 영화에서도 마찬가지다. 선거가 끝나자마자 수도를 놔주지 않은 채 그 후보자는 인부들을 모두 데리고 섬에서 떠나버린다. 물 사정은 여전히 나쁘다. 필요한 만큼 쓰면 많이 쓰는 게 된다.

구성이나 시나리오, 줄거리가 보기 드물게 멋진 영화였다. 1994년도 작품인데 지금 봐도 시대에 뒤처지거나 이상하지 않았다.

빗물은 깨끗한 증류수와 같다

영화가 끝나고 여운에 잠겨 있는데 한무영 교수가 한마디 했다.

"빗물을 이용하면 저런 정치꾼에게 이용당하지 않을 수 있을 텐데. 이 간단한 해결 방법을 모르나 봐요. 대개 그렇긴 합니다만."

"아, 한 교수께서도 영화를 보셨어요?" 그런 모양이다.

"예. 재미있네요. 한국에서도 섬에서 빗물을 받아서 쓰는 곳이 꽤 많습니다. 섬이라는 게 물은 많지만 생활용수가 없는 곳이잖아요. 그런데 우리 조상들은 현명했어요. 빗물을 받아서 썼기 때문에 물이 부족한 줄을 몰랐으니까요. 제주도에 가면 나무에서 빗물을 모으는 촘항(223쪽 사진 참조)이라는 것이 있어요. 또 제주도 옆에 작은 섬 우도가 있는데, 그곳에서는 옛날에 빗물을 받아 썼죠. 아직도 그곳에 가면 빗물통이 집집마다 있어요. 그런데 그 좋은 빗물을 두고 지금은 엄청난 돈을 들여서 상수도 시설을 했어요."

"그 말씀은 빗물이 수돗물보다 더 깨끗하다는 뜻인가요?"

"(웃음) 학교에서 다 배운 겁니다. 빗물은 증기가 되어 하늘로 올라갔던 것이 다시 떨어지는 거잖아요. 그러니까 정말로 깨끗한 증류수죠. 그게 실감나지 않으면 이런 생각을 해보세요. 우리는 산속 깊은 곳에서 만나는 물은 정말로 깨끗하다고 생각합니다. 산속의 물은 빗물이 땅속으로 스며든 다음 침전 과정을 거치기도 하고, 또 산속에는 공장 폐수 등 다른 오염물질이 녹아 들어갈 기회가 적기 때문에 실제로도 깨끗합니다. 그런데 그 물은 어디서 온 거죠? 빗물입니다. 그렇게 보면 빗물이 가장 깨끗한 물이라는 걸 쉽게 알 수 있어요. 조금 어렵게 느껴질지 모르겠지만 과학적인 용어로 설명해볼까요?"

"제가 잘 이해할 수 있을지 모르겠지만, 노력해봐야죠."(웃음)

"하하, 예. 과학 용어라고 해도 어려운 건 아닙니다. 티디에스TDS라는 건데요, Total Dissolved Solids, 한국말로 옮기면 총용존고형물이죠. 그러니까 물속에 뭐가 얼마나 녹아 있느냐를 수치로 나타낸 겁니다. 물 1ℓ에 얼마나 많은 이물질이 녹아 있느냐는 거죠. 예를 들어 1ℓ의 증류수에 설탕 0.5g을 넣은 뒤에 물을 다 증발시키고 나면 설탕 0.5g이 남습니다. 이때 이 물의 총용존고형물은 500mg/ℓ인데, 이것을 500ppm이라고 표시합니다."

"아, 떨고 있었는데 예상보다 쉽군요.(웃음) ppm은 앞에서 배웠죠. 그러니까 100만분의 500을 500ppm이라고 표현하는 거군요."

"맞습니다. 이제 TDS라는 개념을 이해했으니까, 물의 TDS에 대해 알아볼까요? 우선 TDS가 절대적인 수질 기준은 아님을 알아야 합니다. 한국의 경우에는 마시는 물에 대한 수질 기준을 500ppm으로 정해놓았지만 세계보건기구에서는 정확하게 규정하지 않고 있습니다. 그건 이런 이유 때문일 겁니다. 유럽의 지하수를 주전자에 넣고 끓여보면 석회석이 섞여 있음을 알 수 있습니다. 유럽 사람들은 수천, 수백 년 동안 이 물을 마시며 살아왔기 때문에 건강에 아무 문제가 없습니다. TDS가 적은 물을 마시면 오히려 탈이 난다고 합니다. 그래서 유럽에서는 TDS가 높은 병물이 오히려 더 잘 팔립니다.

알프스 산에서 취수했다는 유명한 병물의 TDS는 300ppm 이상입니다. 이에 비하면 한국의 병물은 아주 맑습니다. 30ppm밖에 안 되는 것도 있거든요. 수돗물은 50~250ppm이고요.”

“아니, 병물은 그렇다 치더라도 수돗물도 유럽의 물보다 그리 많이 맑은 건 아니네요.”

“수돗물은 정수하는 과정에서 화학약품을 넣기 때문입니다. 요즘은 수돗물을 정수해서들 마시는데, TDS를 제거하는 것도 있고 그러지 않는 것도 있습니다. 그러나 정수한 물도 대개 수돗물과 비슷합니다. TDS를 제거한다고 해도 조금 적은 정도죠.”

“수돗물의 ppm 범위가 매우 넓은 것으로 보이는데, 아닌가요?”

“그것은 어디서 물을 떠서 ppm을 재보느냐에 따라 다르기 때문입니다. 수돗물이 처음 시작되는 곳의 물을 떠서 검사해보면 아주 낮은 수치가 나올 겁니다. 강의 상류와 하류의 상태와 비슷하죠. 하류로 갈수록 물속에 여러 가지 오염물질이 섞일 가능성이 많아지니까요. 상류로 거슬러 올라가서 깊은 산속 계곡물을 검사해보면 아주 낮은 수치가 나오겠죠. 이렇게 거슬러 올라가다 보면 뭐가 나옵니까? 빗물이잖아요.”

“빗물에도 대기 중의 오염물질들이 섞여 들어갈 수 있잖습니까? 그건 무시해도 좋을 정도로 아주 적은 양인가요?”

“황이나 질소산화물 또는 분진이나 황사 같은 게 있을 수 있지만, 그 양은 아주 적어서 10~20ppm 정도입니다. 그런데 비가 내린 뒤 대략 20분 정도가 지나고 나면 그런 오염물질들은 다 씻겨 내려갑니다. 거의 증류수에 가까운 물이 되는 건데요. 그러니까 빗물을 받아서 사용하기 위해서는 집수면catchment을 깨끗하게 관리해야 합니다. 사실 흙탕물 같은 것이 좀 섞여도 큰 문제는 안 됩니다. 가만히 두면 저절로 침전되니까요. 그래서 깨끗한 위쪽 물만 따로 보관해서 쓰면 됩니다. 빗물은 물 가운데 가장 깨끗한 물일 뿐 아니라, 이처럼 사용하기도 쉽고 간단합니다. 누구나 할 수 있는 일이죠."

"빗물이 깨끗하다는 문제와 관련해서 한 가지만 더 여쭤보겠습니다. 황사가 심할 때 내리는 비는 황사비, 공단 지역에 내리는 비는 화학비, 탄광 지역에 내리는 비는 석탄비라고 하잖습니까? 이름을 그렇게 붙일 정도로 심각한 지역의 빗물도 괜찮을까요?"

"그런 식의 이름은 편의상 그렇게 붙인 거고요. 그것들 역시 대단한 것은 아닙니다. 그리고 그건 정말로 대기오염의 문제지 빗물의 수질오염 문제와는 거리가 있습니다. 어떤 물질이 대기를 오염시킨다고 해서 곧 수질도 그럴 거라고 생각하는 이유는, 피부가 검기 때문에 마음도 검을 거라고 짐작하는 것과 비슷합니다. 이렇게 생각해보면 쉽습니다. 고춧가루가 조금만 날려도 기침을 합니다. 그러나 코에 자극을 준 만큼의 고춧가루를 물에 타면 아무 맛도 느끼지 못할 겁니다. 그만큼 적은 양이니까요. 대기오염과 수질오염을 나타내는 단위를 보면 이해가 더 쉽습니다. 대기 기준의 단위는 마이크로그램(μg)/m³이고, 수질 기준은 mg/L인데요. 1,000μg=1mg이고, 1m³=1,000ℓ입니다. 이 수치가 뜻하는 것은 대기오염의 기준보다 100만 배는 넘어야 수질 기준에 문제가 된다는 뜻입니다. 그러니까

대기오염이 수질오염에 영향을 미칠 확률은 거의 제로에 가깝다고
봐야 하는 겁니다."

한국에 물이 부족하다니요, 물 관리가 부족한 거죠

"그렇다면 대기오염이 심각한 지역에서도 역시 빗물이 가장 맑은 물이라는 말씀이네요. 그런데 사람들이 좀 더 편리하게 물을 쓴다는 측면에서 보면 수도 시설이 더 편리하지 않을까요?"

"글쎄요. 편리함의 문제는 시설과 설계의 문제라고 봐야 하지 않겠습니까? 수돗물도 사실은 빗물을 받아 모은 거라고 할 수 있습니다. 그런데 상수도는 '중앙집중식'인 거죠. 특히나 섬 같은 곳에 상수도 시설을 연결하는 것이 얼마나 어리석은지 생각해보면 쉽게 알 수 있습니다. 그 섬에 생활용수로 쓸 만큼 비가 내리지 않는다면 다른 방법도 생각해봐야겠지만, 충분한 양의 비가 내린다면 상수도 시설이라는 게 좀 이상한 거죠. 자기네 땅에 내리는 비는 다 버리고 멀리에서 내리는 비를 받아 가둔 물을 수도관을 통해 받아서 쓰는 셈이니까요. 대개 바다 밑으로 수도관을 연결하는데 엄청난 돈이 듭니다. 또 그 물이 그냥 옵니까? 전기가 필요하죠. 그리고 그 물도 공짜가 아닙니다. 돈을 내야 해요."

"정말 그렇군요. 그럼 하나씩 제가 다시 여쭤보겠습니다."

"우선 시설비를 한번 따져보죠. 섬에 상수도 시설을 하는 비용과 빗물 시설을 만드는 비용의 차이는 얼마나 될까요?"

"글쎄요. 그건 여러 가지 요인에 따라 차이가 있을 겁니다. 그런데 제가 얼마 전에 국토해양부에 제안한 예가 있습니다. 서해에 국화도라는 곳이 있어요. 그곳에 상수도를 연결하겠다는 말이 나왔는데요. 예산이 70억 원쯤 필요하다고 하기에 제가 그랬습니다. 그 반의 액수로 상수도 시설보다 더 편리한 빗물 시설을 만들어주겠다고요. 공사 기간도 반이면 될 겁니다. 게다가 바닷속을 파헤치는 일 따위는 하지 않아도 되니, 환경친화적인 면에서도 비교가 안 되죠."

"아, 그러면 그 제안은 받아들여졌나요?"

"아뇨. 아직 아무 소식이 없네요."(웃음)

"한 교수님의 제안이 훨씬 더 합리적으로 보이는데, 왜 받아들여지지 않는 걸까요?"

"그거야 뭐, 제가 결정권자가 아니니 알 수 없죠."

"그렇군요. 다음 질문입니다. 섬에서만 빗물을 모을 경우, 물이 부족하지는 않을까요?"

"결론부터 말씀드리면 부족하지 않습니다. 한국의 섬이라면 대개 부족하지 않은 정도가 아니라 펑펑 쓰고도 남을 만큼 비가 내립니다. 국화도 같은 경우 지금 주민수가 대략 60명쯤 된다고 합니다. 그런데 국화도에 내리는 비의 3%만 받아도 100명의 인구가 펑펑 쓰고도 남습니다. 그러니 제가 큰소리를 치는 거죠. 제가 계산을 해서 좀 더 자세하게 설명해드릴까요?"

"하하, 그래 주시면 좀 더 정확하게 이해가 될 것 같습니다."

그가 정확한 수치를 확인하기 시작했다. 나는 이탈리아에서는 어떤지 궁금했다. 영화 속의 섬은 이탈리아의 섬이었으니. 이탈리아 동부는 1년에 1,053mm, 서부는 660mm의 비가 내린다고 했다. 그런데 동부의 섬은 말할 것도 없고, 서부의 섬이라고 해도 빗물만 제대로 받으면 물 부족을 느끼기 힘들 것 같았다.

한무영 교수는 금방 계산을 끝냈다. 조금 복잡하지만 '검증'하고 싶은 사람을 위해서 자세하게 실었다. 이런 숫자 계산을 혐오(?)하는 분이라면 읽지 않고 건너뛰어도 좋다.

"제가 불러드릴 테니 한번 검산해보세요. 국화도 넓이가 $0.39km^2$입니다. 이걸 m^2로 환산하면 100만을 곱해야 하니까 39만m^2가 됩니다. 여기에 1년 강수량을 곱해야죠. 한국의 1년 강수량은 대략 1,300mm입니다. 적게는 1,240mm로도 잡습니다."

"국화도가 아니라 한국의 연 강수량으로 계산하시나요?"

"물론 국화도의 연 강수량으로 계산하면 좀 더 정확하겠지만 알아봐야 할 테니까 우선 이 수치로 계산해보죠. 연 강수량은 전국 어디나 큰 차이는 없으니까, 적게 잡아서 계산해보죠. 1,240mm를 m로 바꾸면 1.24m입니다. 그러니까 1년에 내리는 빗물의 총량은 39만 곱하기 1.24를 하면 48만 3600m^3입니다. 1m^3는 1,000ℓ입니다. 그러니까 우리가 평소에 익숙한 ℓ 단위로 바꾸면 모두 4억 8360만ℓ가 됩니다.

자, 이번에는 한 사람이 1년에 물을 흥청망청 쓰는 양이 얼마나 되는지 계산해보죠. 한국 사람들은 대략 하루에 350ℓ를 쓴다고 알려져 있습니다. 물론 계산하는 방법에 따라 다르긴 하죠. 이 수치는 엄청나게 흥청망청 쓰는 양입니다. 아무튼 지금은 물이 얼마나 풍부한 지를 놓고 따지는 자리인 만큼 이 양으로 계산해보겠습니다. 350ℓ 에 1년, 365일을 곱하면 그 양은 12만 7750ℓ가 됩니다.

그런데 이 국화도에는 인구가 60명 정도밖에 되지 않습니다. 그러 나 사람이 더 많아져서 100명이라고 해보죠. 그러면 이 국화도에서 물을 흥청망청 쓰기 위해 필요한 양은 1277만 5000ℓ입니다. 계산 틀린 곳 없죠? 그러니까 국화도에 내리는 비의 3%도 채 안 된다는 겁 니다."

"정말 이해가 되지 않는군요. 이렇게 쉽고 간단한 이치가 왜 이렇 게 우리에겐 낯선 걸까요?"

"세상을 어지럽히는 마피아들 때문인지도 모르죠."(웃음)

"그런데 제가 본 책에 이런 구절이 있었어요. 1인당 물 소비량에 관한 겁니다."

나는 그가 계산하는 사이에 전에 읽은 책에서 발췌해놓은 글을 찾아서 보여주었다.

450만 오스트레일리아인들의 하루 평균 물 소비량은 260ℓ이며, 이는 흥청망청 물을 소비하는 나쁜 습관을 가진 캐나다인(330ℓ), 미국인(300ℓ)에 이어 세계 3위에 해당된다. 비교를 계속해 보자면 이탈리아인은 하루에 200ℓ, 프랑스인은 160ℓ, 벨기에인은 120ℓ 를 소비한다.

—에릭 오르세나/양영란, 《물의 미래》, 김영사, 2009년, 56쪽

"이런 자료만 봐도 현재 한국 정부가 한 사람의 물 소비량을 너무 많이 잡았다는 것을 알 수 있습니다. '흥청망청 물을 소비하는 나쁜 습관을 가진' 한국인으로 만들어놨어요. 그러면서 물이 부족하다 고 하는 겁니다. 아마 개인이 하루에 350ℓ나 쓰는 일은 별로 없을 겁니다."

"물 사용량에 대한 이런 내용이 있습니다. 류재근 박사라는 분 이 2010년 2월 8일, 〈워터 저널〉에 쓴 칼럼입니다. '서울에 위치한 4개 아파트의 물 소비 패턴 조사 결과를 보면 목욕물 53.1ℓ, 변기 50.2ℓ, 세탁 35.3ℓ, 취사용 및 기타 34.6ℓ를 사용해 평균 237.6ℓ를 사용하는 것으로 나타났다.' 서울 강남의 아파트에서 사용하는 양이 라면 평균 이상이라고 봐야 하지 않을까요?"

"그렇겠죠. 사실 한국의 물 부족에 대한 이야기는 이처럼 사용 량과 필요량을 지나치게 부풀려 계산해서 만들어진 겁니다. 그런데 그 수치를 인정해준다고 해도, 한국에 내리는 빗물을 생각하면 물 부족이라는 건 말이 안 됩니다. 1년 동안 한국에 내리는 빗물의 양 은 대략 1300억t입니다. 그 양의 1~2%만 제대로 받아도 그들이 부 족하다는 물의 양을 충당할 수 있어요. 홍수 때 팔당댐에서 방류되 는 물의 양이 초당 1만t입니다. 하루가 8만 6400초니 하루에만 8억 6000만t을 내보내는 거죠. 그런데 정부에서는 10년 뒤에 한국의 물 부족량이 8억t이라고 합니다. 팔당댐에서 내보내는 하루 물의 양이 죠. 만일 처음부터 제대로 관리했다면 하루만 내보지 않으면 되는 양이라는 말입니다. 그러니까 물 부족 국가라는 것은 말도 안 됩니다. 물 관리 부족 국가라고 해야 맞는 거죠.”

“그렇다면 유엔은 왜 한국을 물 부족 국가라고 했을까요?”

“그것도 좀 잘못 전달된 겁니다. 유엔은 한국을 물 부족 국가라고 한 적이 없습니다. 그 말의 근거는 꽤 오래전에 미국의 한 사설연구소인 국제인구행동연구소PAI, Population Action Institute가 내놓은 자료에서 시작되는데요. 그 자료는 인구 폭발을 경고하기 위해 사용했던 겁니다. 그 수치는 ‘인구 증가에 따라 줄어드는 1인당 이용 가능한 물, 국토, 에너지 양’ 등을 표시한 지표죠. 말하자면 폭발적으로 인구가 늘어나는 제3세계의 문제점을 지적하기 위해 만든 지표를 인구가 안정되거나 줄어드는 추세를 보이고 있는 한국에 적용한 겁니다. 오히려 2006년에 유네스코 등 유엔 기구들이 발표한 각 나라의 물 빈곤지수에 따르면 한국의 물 사정은 147개국 가운데 43위로 비교적 좋은 편입니다.”

“그렇다면 정부에서 거짓말을 하고 있는 셈이군요. 유엔 기구들은 한국을 물 사정이 좋은 나라라고 발표했다는 이야기잖습니까.”

“마치 여기저기 불필요한 곳에 낭비하면서 부모에게 돈을 얻어내려는 아이의 모습을 보는 것 같습니다. 그 아이 같은 정부가 주장하는 물 부족 양을 좀 더 구체적으로 따져볼까요? 건설교통부 통계 자료에 따르면 한국의 한 해 빗물 총량은 1276억t입니다. 이 가운데 545억t은 대기로 증발되고, 나머지 731억t은 땅으로 스며들어 지하수가 되거나 강과 바다로 흘러갑니다. 이것들 가운데 바다로 흘러가는 양이 약 400억t이고, 지하수나 댐물, 강물 등 우리가 이용하는 물의 양은 331억t 정도입니다. 그런데 미래의 인구수와 물 사용량을 과학적인 근거와 통계학으로 추정한 값을 보면, 앞으로 30년 뒤에는 약 30억t가량의 물이 부족할 거라고 합니다. 우리가 사용할 수 있는 물의 양이 기껏해야 331억t인데 30억t이 모자란다면 엄청나게 부족한 거죠. 그렇지만 생각을 바꾸면 그렇지 않다는 것을 금방 알 수 있습니다. 이 양을 1년 동안 한국에 내리는 빗물의 총량인 1300억t과 비교해보면 겨우 2% 조금 더 되는 정도입니다. 증발해서 날아가는 545억t의 물 일부를 날아가지 못하게 덮어두거나, 바다로 흘러가는 400억t의 물 일부를 가둔다면 30억t 정도는 차고 넘치게 확보할 수 있을 겁니다. 그런데 바다로 흘러가는 물을 가두어서 '덮어두려고' 하면 댐 건설로는 가능하지 않습니다. 실제로 댐에서 증발되는 물의 양은 우리 생각보다 훨씬 더 엄청납니다. 생각해보세요. 댐은 완전히 무방비 상태로 햇빛에 노출된 아주 큰 물그릇입니다. 댐에서 일하는 사람의 이야기를 들어보면 가뭄 때는 수위가 내려가는 게 눈에 보일 정도라고 해요. 그러나 빗물을 받아서 쓰는 시설이 일반화되면 이 문제는 쉽게 해결됩니다."

"그렇겠군요. 건물마다, 집집마다 빗물 저장 시설을 만들면 증발되는 양이 아주 적어질 테니까요. 선생님 말씀을 들어보면 물 관리도 중앙집중식이 아니라 분산형으로 패러다임을 바꿔야겠군요."

"그렇습니다."

빗물은 받아두어도 썩지 않나요?

"그런데 한 가지 의문이 듭니다. 물을 받아두면, 그러니까 흐르지 않는 물은 썩는다고 하지 않습니까? 빗물을 물탱크나 큰 통에 담아서 오랫동안 보관해도 그 물이 괜찮은가요?"

"물이 썩는 것은 단지 흐르지 않기 때문이 아닙니다. 세 가지 조건이 더 만족되어야 합니다. 그 조건 가운데 하나만 없어도 썩지 않습니다. 그 조건이란 유기물, 미생물, 햇빛입니다. 그런데 대개 유기물과 미생물은 어디에나 있죠. 그러니까 그 물을 식수나 생활용수로 쓰기 위해서는 햇빛이 들지 않게 해줘야 합니다. 가끔 열어서 보는 정도는 상관없습니다."

"설명을 들으니까 궁금했던 것 하나가 이해됩니다. 아파트 옥상에 대개 물탱크가 있잖습니까. 그런데 그런 식으로 물을 담아둬도 왜 썩는다는 말이 없는지 이상하다고 생각했거든요. 그러니까 그건 햇빛이 차단된 상태가 유지되기 때문이군요."

"맞습니다. 제가 소개해드린 책, 프레드 피어스가 쓴 《강의 죽음》에도 아주 오래된 빗물 이야기가 나옵니다. 중국 간쑤 성에 있는 한 시골마을 이야기인데요. 이곳은 물 사정이 좋지 않았어요. 어느 해에는 심한 가뭄이 들어 우물물까지 말라버리자 물을 구할 수가 없게 된 겁니다. 그런데 이 마을에는 비를 받아서 사용하는 전통이 있었죠. 아주 오래된 빗물 저장고가 여럿 있었나 봐요. 한 농부가 집을 다시 짓다가 지하에 있는 아주 오래된 빗물 저장고를 발견했다고 합니다. 그런데 언제 만들어졌는지도 알 수 없는 그 빗물 저장고의 물이 조금도 썩지 않았을 뿐 아니라 물맛도 아주 좋았다고 해요. 그런데 저는 이 이야기를 읽으면서 좀 억울하다는 생각이 들었어요."

빗물 관리라면 우리가 최고입니다

"억울하다니요?"

"그곳은 이미 빗물 관리를 통해 물 문제를 잘 해결하고 있고, 이미 세계적으로 유명해져서 많은 사람들이 견학을 하러 갑니다. 그러나 저는 물 관리라고 하면 우리 선조만큼 대단히 지혜로웠던 조상이 없다고 생각하거든요. 예를 들어 조선의 측우기는 세계 최초거든요. 1442년에 설치해서 사용했다는 기록이 있습니다. 서양의 최초 측우기는 1639년에 설치됐습니다. 우리보다 200년이나 늦어요. 얼마나 대단합니까? 이 측우기를 서울과 각 도의 감영에 설치했다고 하니 빗물네트워크를 만든 셈이잖습니까? 그뿐만이 아닙니다. 저수지도 그렇습니다. 김제 벽골제는 330년에 만들어진 최초의 저수지라고 해요. 이 저수지를 만드는 기술은 일본에도 전파되었습니다. 오사카 사마야 시의 사마야 저수지가 벽골제와 같은 방법으로 만든 것입니다. 그런데 사마야 저수지는 616년에 축조되었다고 하니 300년이나 차이가 납니다. 또 글자에도 나타납니다. 우리가 마을이라는 뜻으로 쓰는 '동洞'이라는 글자 말입니다. 이 '동' 자는 '물 수氵'와 '같을 동' 자로 이루어져 있습니다. 마을 사람들이 모두 같은 물을 마시고 사는 사람임을 강조한 것입니다. 물은 마을 사람 모두가 아껴 쓰고 잘 관리해야 한다는 뜻이 새겨져 있습니다. 재미있는 것은 중국이나 일본에서도 한자를 쓰지만 이 한자가 마을을 뜻하는 곳은 한국뿐이라고 해요. 중국에서는 동굴이라는 뜻으로 쓰인답니다. 그러니까 우리 조상들이 물과 마을의 관계를 얼마나 중요하게 생각했는지 알 수 있습니다. 또 움직일 수 없는 증거가 하나 있어요. 천 년이나 된 도시, 경주 말입니다. 도시는 물 관리를 제대로 하지 않으면 살아남을 수 없습니다. 우리 조상들이 얼마나 물 관리에 관심이 많았고 또 잘 관리했는지 천 년 고도 경주만 봐도 알 수 있는 일입니다.”

“그렇군요.”

“이처럼 물 관리 기술이 발달할 수밖에 없는 이유도 있습니다. 그건 자연환경 때문인데요. 열악한 자연환경을 극복하려고 노력하다 보면 세계적인 기술이 나오기 마련이잖아요. 예를 들면 수질이 나쁜 나라에 살면 수처리 기술이 발달하고, 지반이 나쁜 나라에서는 지반 기술이 발달하며, 물이 귀한 나라에서는 물을 절약하고 다시 이용하는 기술이 발달하거나, 산악 지형에서는 터널을 뚫는 기술이 발달하는 식입니다. 그래서 수질이 나쁜 유럽에서 맥주와 와인이 발달한 거죠. 한국도 이와 비슷한 경우입니다. 우리 선조들은 봄 가뭄과 여름 홍수를 겪는 몬순(계절풍) 지역에서 살아남기 위해 자연스럽게 물 관리 기술을 터득했던 겁니다. 공식적으로 한국의 1년 평균 강우량은 1,283mm입니다. 이 수치는 지난 30년 정도의 평균치입니다. 그런데 요즘 들어 이 수치가 점점 높아지고 있어요. 비가 1년 동안 얼마나 고르게 내리는가를 따져보기 위해 만든 개념이 분산치라는 겁니다. 이 분산치가 크면 비가 고르게 내리지 않고 집중된다는 뜻이고, 낮으면 고르게 온다는 뜻입니다. 그러니까 분산치가 크면 물을 관리하기가 어렵죠. 한국은 이 분산치가 세계에서 가장 높은 편에 속합니다. 이는 홍수와 가뭄이 한꺼번에 오기 쉽다는 뜻입니다. 게다가 산이 많잖습니까? 그러니 더욱더 어려울 수밖에 없습니다. 그런데도 조상들은 그런 자연조건에 잘 맞춰 살아온 겁니다. 그만큼 기술을 가지고 있었다고 봐야 합니다."

"그런 예를 많이 보여주셨습니다만, 기술적인 면으로 쉽게 이해할 수 있는 것에는 어떤 게 있을까요?"

"물 관리의 초점을 강이 아니라 빗물에 맞췄다고 할 수 있죠. 예를 들면 저수지와 다랭이논(계단식 논) 같은 것을 들 수 있습니다. 다랭이 논이야 말할 것도 없지만 저수지도 강보다 높은 곳에 있습니다. 그리고 곳곳에 연못을 파두었을 뿐 아니라 농사를 위한 둠벙(웅덩이) 같은 것도 있어요. 이런 것들이 결국 빗물에 초점을 맞춘 관리 방법이었던 거죠."

"그렇군요. 그런데 그런 빗물 중심의 물 관리 체계가 근대화와 함께 완전히 다른 길을 걷게 된 거군요."

"그렇죠. 물 관리에 관한 한 우리가 외국에서 배워 올 일이 아니었습니다. 생각해보세요. 1년 내내 평균적으로 비가 오는 곳에서 실행하는 물 관리 방법이 우리에게도 맞을 리가 있겠어요? 또 요즘은 도쿄에 거대한 빗물 저장 시설을 만들어서 홍수를 방지한다니까 서울에도 지하에 그런 시설을 만들자는 말이 나왔어요. 그래서 제가 그

랬죠. 도쿄에는 산이 없다. 그러나 서울에는 산이 많기 때문에 지하
에 빗물 저장 시설을 만든다는 것은 바보 같은 짓이다. 말하자면 이
런 거죠. 빗물을 위에서 받으면 깨끗한 수자원이 되지만 아래쪽에서
받으면 온갖 더러운 것이 다 섞인 하수가 되는 겁니다. 게다가 지하
에 물을 저장하면 그걸 퍼올린다고 전기를 써야 합니다. 도무지 좋은
점을 찾기가 어려워요. 그런데 왜 지하에다 모읍니까?"

"예…. 무슨 말씀이신지 이해가 됩니다."

빗물이야말로
저탄소 녹색 성장의 주인공이다

"사실 빗물을 받
아 쓰면 전기도 엄청나게 절약할 수 있습니다. 대략 200배쯤 적게 들
거든요. 3인 1가구인 경우 하루에 1t 정도의 물을 쓴다고 볼 때 수돗
물은 전기가 0.24kWh쯤 듭니다. 반면, 빗물은 전기가 0.0012kWh밖
에 들지 않습니다. 빗물은 전기가 거의 들지 않는다고 봐야죠. 말이
나온 김에 몇 가지 더 비교해보죠. 요즘 여기저기서 말이 나오고 있
는 바닷물을 민물로 만드는 해수 담수화 말입니다. 그걸 만드는 데
가장 많은 에너지가 듭니다. 4~8kWh로 빗물의 4,000배 이상이 듭
니다. 하수 처리수 재이용의 경우 현장에서 공급하는 것을 기준으로
할 때 1.2kWh로 1,000배쯤 많이 드는 거죠."

"지하수는요?"

"지하수는 광역 상수도의 경우와 비슷합니다. 위에서 말한 수돗
물이 그건데요. 광역 상수도도 얼마나 멀리 보내느냐에 따라서 에너

지의 사용량이 달라지듯, 지하수도 얼마나 깊은 곳에서 퍼올리느냐에 따라 다르죠."

"그렇다면 위에서 말씀하신 수돗물의 에너지 사용량은 얼마나 멀리 보낸 것을 기준으로 한 건가요?"

"15km 정도인 경우를 대입한 값입니다. 그러니까 에너지가 많이 드는 순서로 보면, 해수 담수화 > 하수 처리수 > 광역 상수도, 지하수 > 빗물이 됩니다. 에너지 사용량으로 보면 빗물을 100이라고 볼 때 대략 400,000 > 100,000 > 20,000 > 100이 되고요."

"엄청난 차이로군요. 그런데 3인 1가구의 하루 물 사용량은 어느 정도로 잡으신 겁니까?"

"위 계산은 1t당 필요한 에너지입니다. 광역 상수도의 경우는 공급 길이가 15km를 기준으로 한 거고요, 빗물은 저장 시설이 지하에 있을 때의 경우고, 만일 옥상에 설치한다면 전기는 거의 들지 않겠죠. 중력으로 해결될 테니까요."

"온 국민이 그만큼 전기를 쓰지 않는다고 생각하면 엄청난 양이겠네요. 그런데 이 이론은 현재 지배적인 패러다임 속에서 활동하는 기업들이 그다지 좋아할 것 같지는 않습니다. 한국수자원공사는 말할 것도 없고, 한국전력공사도 전기 소비를 줄인다고 싫어하지 않을까요?(웃음) 수자원공사는 늘 더 많은 물이 필요하니까 댐을 더 만들어야 한다고 말하고, 한전은 더 많은 전기가 필요하니 원전을 더 만들어야 한다고 그러잖습니까."

"그렇죠. 그들은 사업을 점점 더 크게, 더 많이 벌이고 싶어 하죠.

사실 물이나 에너지는 절약할 수 있도록 시스템을 만들고, 그런 시스템 속에서 부족한 부분을 보충하도록 해야 하는데, 한국 실정은 그렇지 않습니다. 물을 아끼자, 에너지를 아끼자, 말로만 떠들고 있으니 그게 문제죠."

5장

지하수에 섞여 있는 것들
─
비소, 방사능, 불소

하수도의 횡포가 빈민들을 괴롭히고 있어요

지하수는 무엇이 섞여 있는지 알 수 없는 물입니다

지하수가 불러온 비극

도시가 쓰고 버린 하수를 뒤집어쓰고 살아가는 빈민들

물 전쟁에서 애꿎은 희생자는 누구인가

얼마나 많은 양의 빗물을 받을 수 있나?

똥물을 만들어내는 하수도 시스템

하노이는 현재와 과거가 뒤섞여 있었다. 비행기에서 내리자 포스코와 LG 광고가 눈에 띄었다. 시내를 통과하는 동안 거리의 풍경은 마치 1970년대로 돌아간 것 같았다. 거리는 많은 사람들로 붐볐다. 자동차보다 오토바이가 훨씬 많았고, 여기저기에서 공사가 벌어지고 있었다.

그래서일까, 뿌얀 먼지 때문에 좀 먼 곳은 제대로 보이지도 않았다. 사람들은 거의 모두가 마스크를 쓰고 있었다. 그런 가운데서도 여기저기에 천막을 치고 좌판이 벌어졌고, 그곳에서 사람들은 뭔가를 먹고 마시고 있었다. 세차장도 자주 눈에 띄었다. 길가에 차를 세우고 호스로 물을 뿌리며 세차를 했다. 답답한 도시에서 물을 보니 잠깐이나마 시원한 기분이 들었다. 휴대전화 가게도 많이 보였다. 전자제품과 북적대는 자동차 모습이 우리가 시간 여행을 하고 있는 것이 아님을 알려주었다.

하수도의 횡포가
빈민들을
괴롭히고 있어요

길가에서 세차하는 모습을 보며 한무영 교수가 말했다.

"지하에서 마구 물을 퍼내서 저렇게 쓰는 건 여러 가지로 문제가 있어요. 저 물들이 도시의 하천을 오염시킬 테니까요."

그의 말에 따르면 이 도시에는 아직 하수도 시설이 제대로 되어 있지 않다.

"상수도 시설은 그래도 꽤 많이 갖춰졌을 겁니다."

쓰는 물을 위한 시설만큼 버리는 물을 위한 시설이 따르지 못하고 있다는 것이다.

"하수종말처리장 같은 것은 아주 태부족일 거고요. 그래서 도시 변두리에 있는 가난한 동네로 가면 물 사정만 나쁜 게 아니라 하수 냄새 때문에 머리가 다 아플 지경이에요. 하수도 시설이 제대로 되어 있지 않으면 결국 그 오물은 하층민들이 다 뒤집어씁니다. 하수종말 처리장이 제대로 설치되지 않은 상수도 시설은 도시 주변의 환경을 황폐화하는 주범이거든요."

"어느 책에서 읽었는지는 기억나지 않습니다만, 로마처럼 상하수도 시설이 잘된 곳에서도 빈민가는 말도 못하게 더러웠다고 합니다.

세네카가 그것을 한탄하는 말을 남긴 것도 있더라고요."

"사실 고대 도시에 상수도 시설이 아무리 잘되어 있었다고 해도 그건 상수도를 사용하는 사람들에게나 좋은 것일 뿐입니다. 생각해보면 쉽게 알 수 있는 사실이죠. 로마 덕분에 오늘날 아파트 같은 건물에서 수세식 변기까지 갖추고 살긴 하지만 그 시절에는 그 오물들이 다 어디로 갔겠습니까? 하수종말처리장 같은 것이 있었을 리는 없고, 결국 도시 변두리 어디선가 모여서 썩어갔겠죠."

"1970~80년대 서울 변두리의 작은 하천들이 그랬다고 합니다. 서울 도심의 청계천은 말할 것도 없었고요. 썩는 냄새가 지독했고 물은 언제나 시꺼먼 상태였다고 해요. 옛날에는 그곳에서 멱을 감고 빨래도 했다는데, 도무지 상상이 안 되는 거죠. 오늘 우리가 가는 쿠케도 그런 곳인가요?"

"그렇습니다. 우리의 과거로 가보는 것과 비슷합니다. 쿠케에는 아직 상수도가 들어가 있지 않습니다. 그래서 대부분의 사람들이 지하수를 퍼올려서 식수와 생활용수로 씁니다. 조금 부유한 집에서는 빗물을 받아 쓰고요. 그런데 이곳의 지하수에는 문제가 많아요."

"지하수라면 좋은 물, 아닌가요? 한국에서는 '지하 암반수'라는 말이 광고 카피로 쓰일 정도로 좋은 이미지를 갖고 있는데요."

"사실 지하수가 꼭 좋은 물이라고 볼 수는 없습니다. 물론 아주 오랫동안 침전, 여과되고 외부로부터 오염물질이 차단된 채 저장되어서 말 그대로 청정한 지하수도 있죠. 하지만 그리 깊지 않은 곳에서 퍼올린 지하수는 주변의 환경오염에 영향을 받습니다. 게다가 이 지

벽에 쓰여진 As>0.05는 비소(As)가 허용 기준치인 0.05ppm보다 크다는 표시다. 얼마나 큰지 표시하지 않은 걸 보니 더 놀랍다. 어찌 이럴 수가 있나 싶다. 건강에 나쁜 비소가 섞여 있는 지하수라는 것을 알고 마시라는 것이다. 그러나 쿠케 주민들에게는 이 물밖에 없었다.

역의 지하수에는 비소가 섞여 있어요. 이 비소는 수십억 년 전에 바다의 바닥에 쌓여 있던 것이 융기됨에 따라 지표 근처에서 발견되는 거라고 합니다. 자연 그대로의 물에도 이런 강한 독소가 함유되어 있을 수 있어요."

지하수는
무엇이 섞여 있는지
알 수 없는 물입니다

"비소라면 독성이 아주 강한 물질이잖아요. 추리소설 같은 걸 보면 독살할 때 자주 쓰는 것으로도 나오던데요."

"맞습니다. 바로 그 비소입니다. 마을 사람들이 알 수 없는 병에 걸린다는 이야기도 있어요. 아마 지하수에 섞여 있는 비소 때문에 생기는 병이겠죠. 혹시 전에 제가 소개해드린 《강의 죽음》이라는 책 읽어보셨어요?"

"아, 죄송합니다. 아직 읽어보지 못했어요. 지난번에 말씀드렸듯이 다른 원고 마무리한다고 정신이 없었거든요. 이번에 가지고 오기는 했습니다. 밤에 숙소에서 읽어보려고요."

"그 책을 보면 오염되지 않은, 자연 그대로의 지하수에 포함된 독성이 강한 물질에 대한 이야기가 나옵니다. 그런 물질에는 불소화합물과 비소가 있어요. 이 지역은 말했듯이 비소가 많이 섞여 있고요. 마을 사람들이 병에 걸리곤 하니까 조사를 하기는 했나 봐요. 그렇지만 비소가 허용 기준치보다 아주 많이 녹아 있다는 것만 알아냈을 뿐이에요. 그게 전부입니다. 아직은 아무것도 해주지 못한 상태죠. 그러니까 이 마을의 가난한 사람들은 그냥 비소가 섞인 물을 마시기도 하고 생활용수로도 쓰고 있는 거죠."

"그러고 보니 한국에서도 비슷한 일이 있었는데, 기억납니다. 안성시 서운면 신흥리의 주민들이 먹는 지하수가 방사능에 오염됐다고 했습니다. 그게 밝혀진 것이 2008년 5월인데, 환경부와 국립환경과학원에서 조사도 했다고 합니다. 그 당시 폐암을 유발할 수 있을 정도의 우라늄(U238)과 라돈(Rn222)이 검출되었어요. 그런데 그걸 알면서도 수도 시설을 하는 데 드는 돈이 부담스러워 상수도를 들여놓지 못했다고 하더군요. 알면서도 어쩔 수 없이 방사능에 오염된 물을 마시는 거죠. 관에서는 주민 개개인이 일정한 돈을 부담하지 않으면 시설을 설치해줄 수 없다고 했어요."

믿기 어렵지만, 이런 일이 한국에서도 벌어지고 있다. 방사능에 오염된 지하수를 마시고 있다는데도, 정부 기관은 그뿐이었다. 마을 사람들이 수돗물을 마시려면 자비를 일부 부담해서 상수도 시설을 해야 한다. 돈이 없는 사람들에게 그것은 거의 불가능한 일이다. 한무영 교수는 한국의 지하수에도 방사능 오염 사례가 있다는 말에 조금 놀라는 것 같았다. 이처럼 한국의 지하수 문제는 사회적으로 잘 알려져 있지 않다.

"세상에, 우리나라에도 그런 일이 있었군요."

"예, 잘 알려진 건 아닙니다. 환경단체와 지자체 운동가들에게 들었어요. 환경부는 1999년부터 전국 지하수의 방사능 오염 정도를 조사했습니다. '우라늄과 라돈 함량을 조사한 결과, 미국 지하수 기준치를 초과하는 지역이 전국에 180곳인 것으로 드러났'습니다. 심한 곳은 식수로 사용할 수 있는 기준치의 54배가 넘는 곳도 있었다고 하고요. 그래도 그곳은 다행히 폐쇄한 모양입니다. 대안을 마련할 수 있었던 거겠죠. 그러고 보니 이런 사실을 알고 있었던 저조차도 지하수는 '안전하고 좋은 물'이라는 생각을 은연중에 하고 있었네요. 다 광고 카피 덕분입니다(웃음)"(서금영 동아사이언스 기자, 〈지하수 잘못 팠다간 공포의 '우라돈 워터'〉, 동아닷컴, 2008년 7월 25일).

그동안 이런 '지하수' 문제를 다룬 기사는 이상하게도 중앙의 '유력' 언론에서는 찾아보기 힘들었다. 그러던 것이 2010년 1월 11일 〈연합뉴스〉에 실렸고, 2월 24일 〈안성자치신문〉에 제법 긴 기사가 났다. 인터넷에서 검색해보니 이것이 전부였다. 다른 언론사에서도 '보도'했다고 하는데, 왜 찾기가 쉽지 않은 걸까? 지하수도 무서운 것일 수 있다는 보도를 두려워하는 사람들은 누구일까? 이 책을 쓰면서 내 생각의 방향이 점점 삐딱해져간다. 씁쓸하다.

"사실 지하수는 검사해보기 전에는 알 수 없는 물입니다. 더욱이 요즘에는 오염물질이 어디서 얼마나 많이 섞여 들지 알 수가 없잖습니까. 그러나 빗물은 그렇지 않죠. 지구상의 모든 물이 빗물에서 시작된다는 점을 생각해보면 빗물이 오히려 가장 깨끗한 물이라는 것을 알 수 있습니다."

솔직히 나는 한국의 지하수 가운데 '나쁜 물'들은 그저 환경오염이 심한 특별한 지역의 문제라고만 생각해왔다. 그런데 지하수는 자연 그대로인 경우에도 위험할 수 있다는 말이다. 더욱이 비소와 불소화합물이라니, 말도 안 된다. 나중에 책을 제대로 읽어봐야겠다.

"그런데 한 교수님, 빗물은 '부유한 집'에서나 마신다는 말씀이 얼른 이해가 안 가네요. 빗물은 누구나 받을 수 있고 식수나 생활용수로 사용할 수 있을 텐데, 왜 그런가요?"

"물론 누구나 받을 수 있죠. 하지만 빗물은 받아서 저장할 시설이 필요하잖아요. 그 시설비가 그리 많이 드는 것은 아닙니다. 20~30만 원 정도면 5인 가족이 쓸 만한 정도의 저장 시설을 설치할 수가 있죠. 그러나 그건 한국 사람들 입장이고요. 이곳 사람들에게 그 정도면 한 달 생활비가 넘는 큰돈입니다. 또 한 가지 문제는 빗물을 모아 쓰려면 '자기 집 지붕'처럼 어느 정도의 넓이가 필요합니다. 그런데 가난한 사람들은 자기 집 지붕을 가지고 있지 않은 경우가 많고, 또 지붕과 연결해서 물을 모으는 게 어려운 경우도 있습니다. 게다가 빗물을 모아 쓰는 방법을 잘 알고 있지도 못합니다. 그러니 이래저래 어렵죠. 반면 지하수는 쉽고 간단합니다. 그러니까 다들 지하수를 쓰는 거죠."

"빗물보다 지하수를 쓰는 편이 더 쉽고 간단하다는 건 좀 뜻밖이네요."

"이렇게 생각해보세요. 지하수는 수맥만 찾으면 그곳에 수도꼭지를 꽂아둔 것과 다를 바 없잖아요. 지하수 저장을 위한 큰 탱크가 필요한 것도 아닙니다. 그런데 빗물 시설은 비가 내리면 모아야 하고, 모은 빗물을 보관해야 합니다. 그리고 그 물을 필요할 때 편하게 쓰려면 약간의 기술이 필요하죠. 그 약간의 기술은 별게 아니니까 이번에 보시면 쉽게 이해할 겁니다. 사실 모르면 무척이나 어려운 이야기일 수도 있죠."

한무영 교수는 자신이 말하는 빗물에 대한 연구나 기술이 그리 어려운 것이 아님을 강조한다.

"너무 쉬워서 사람들이 관심을 가지지 않았을까요?"

"그럴 수도 있습니다. 너무 쉽다 보니 기업이 나선다고 해도 돈벌이가 되지 않을 테고요. 제가 한국의 큰 건설회사에 빗물 시설을 이용한 아파트를 지어보라고 제안한 적이 있어요. 그런데 단 하루 만에 거절하더군요. 이유는 뭐, 간단하죠. 어려운 것도 아니고 자기네들만 할 수 있는 것도 아니니, 아무리 좋은 거라도 그들 입장에서는 해도 그만, 하지 않아도 그만이라고 생각했을 겁니다. 자기네들만의 특징이 될 수 없을 테니까요. 그처럼 쉽고 간단한 겁니다. 그런데 지하수만 하더라도 그렇지 않죠. 지하수가 마치 공짜인 것 같지만 그렇지 않아요. 우선 지하수를 끌어올리기 위해 개발하려면 그에 맞는 설비와 비교적 전문적인 기술이 있어야 합니다. 또 지하수를 계속 사용하기 위해서는 양수기와 전기가 필요해요. 반면에 빗물 사용 시설은 한 번 설치하는 것으로 거의 영구적입니다. 다른 기계장치가 전혀 필요 없습니다.

앞으로 지하수 문제는 더욱 심각해질 겁니다. 처음에는 깊이 파지 않아도 지하수를 퍼올릴 수 있겠지만, 물이 말라가면서 쓰던 우물을 버리고 점점 더 깊은 우물을 파야 합니다. 게다가 그렇게 버려진 우물을 통해 지하의 물이 오염되기도 합니다. 물이 나오지 않는데 무슨 오염이냐고 할지 모르지만, 이것도 생각해보면 아주 쉬운 이야기입니다. 지하수를 퍼올려서 썼잖아요. 그 써버린 하수는 다 어디로 가겠습니까? 하수 처리 시설은 아예 없고 하수도 시설도 변변찮으니, 그저 그 지역의 땅속으로 스며들지 않겠어요? 그러니까 지하수를 퍼올려서 쓸 때야 좋았겠지만 오래지 않아 그것이 곧 자기네들이 써야 할 지하수가 되는 거죠. 아마 앞으로는 아주 깊은 곳까지 파야 '좋은 물'을 퍼올릴 수 있을 겁니다. 결국 부유한 사람들이나 '좋은 물'

을 쓰게 되겠죠. 가난한 사람들은 얕은 우물을 팔 수밖에 없고, 결국 '나쁜 물'을 쓰게 될 거고요."

갑자기 머리가 복잡해졌다. 빗물은 그저 산성비가 아니라는 정도에서 끝나는 문제가 아니었다. 한무영 교수 말에 따르면 빗물은 이 동네 사람들에게 생명줄이나 다를 바 없다. 물론 하수도 시설이 제대로 만들어질 때까지 하수의 오염에서 자유롭지는 못하겠지만, 적어도 버린 물을 다시 퍼올려 마시는 일은 없을 것이다.

"저는 상수도나 하수도를 그런 관점에서 생각해본 적이 한번도 없어요. 그러다 보니 선생님 말씀이 좀 충격적으로 느껴집니다. 생각을 좀 해봐야겠어요."

마을에 도착하려면 아직 40~50분을 더 가야 한다고 했다. 그러면 그 사이에 지하수와 비소, 불소화합물에 대한 이야기를 읽을 수 있을 것이다. 나는 가방에서 책을 꺼내 들었다.

지하수가 불러온 비극

지하수와 비소, 불소화합물의 문제는 생각보다 심각했다. 지하수를 퍼올려 쓰는 것은 단지 사람에게 나쁠 수 있다는 사실 말고도 많은 문제를 일으킨다. 그러나 하나씩 천천히 이야기해보자. 우선 2010년 국내에 번역 출간된 《강의 죽음》에서 그 부분의 내용을 정리해보는 것이 좋겠다.

이 이야기에는 유엔의 유니세프가 등장한다. 좋은 의도였지만 꼭 좋은 결과만을 얻지 못한 이야기다. 유니세프는 1980년대 '세계 물의 해' 기간에 전 세계의 가난한 사람들에게 '안전한 물'을 공급하는 계획을 세웠다. 1천만 개의 우물을 파주기로 한 것이다. 이 계획은 단순한 전제와 결론을 바탕으로 진행되었다. 수백만 명의 빈민들이 강이나 연못, 도랑에 있는 나쁜 물을 그냥 마시고 있다. 그런데 이 물은 오염되었고 치명적인 질병을 일으킬 수 있다. 그러나 지하수는 인공적인 오염물질이 닿지 않은 것이므로 안전하다는 것이었다. 누구도 지하수를 의심하지 않았고 독성 검사를 하지 않았다. 그것이 문제의 발단이었다.

먼저 불소화합물이 섞인 우물물을 먹게 된 마을에서 집단적인 중독 증상이 나타났다. "어린이들의 팔다리를 찍은 엑스선 사진을" 보면 "뼈가 활처럼 구부러져 있었다." 이 사진을 보여준 사람은 이렇게 말했다고 한다. "이 어린이들은 자라면서 상태가 더 나빠지다가 결국 걸음도 걷지 못하게 될 것"이라고 말했다.

불소화합물은 인도의 지반을 구성하는 화강암 속에 흔히 들어 있는 성분이다. 그런 불소화합물이 섞인 물을 마신, "얼마나 많은 사람들이 불소 중독으로 고통받고 있는지 정확히 아는 사람은 아무도 없다. 그러나 델리에 있는 '불소증과 농촌개발 재단'의 안데차스 수쉴라는 어느 정도 증세가 나타나는 사람들의 수가 약 6천만 명에 이를 것이라고 추산했다." 6천만 명이라니 놀라서 숨도 제대로 쉴 수가 없다. 한국의 인구 전체에 해당하는 숫자다! 게다가 "의사들은 빈혈, 관절 강직, 신부전, 근력 약화, 암 같은 질환의 원인을 모두 식수 속에 있는 불소화합물 탓으로 돌리기 시작했다."

—프레드 피어스/김정은 옮김, 이상훈 감수, 《강의 죽음》,

브렌즈, 2010년, 101쪽~103쪽까지 요약 인용함

나는 불소화합물이 이처럼 심각한 문제를 일으키는 것인 줄 짐작
도 하지 못했다. 비소 이야기는 더 놀랍다.

그러나 이 정도로 놀라기에는 아직 이르다. 지하수를 식수로 이용
하는 경향이 빚어낸 더 큰 참극이 남아 있다. 바로 비소다. 방글라
데시 전역과 인도 서부에서 수천만 인구가 마시는 우물물에는 목
숨을 앗아갈 수도 있는 비소가 함유되어 있다. 세계보건기구WHO
는 이 일을 "역사 이래 최대 규모의 집단 중독"이라고 일컬었다. 전
체 방글라데시 관정의 절반이 넘는 것으로 추정되는 1200만 개의
관정에 비소가 있는 것으로 추정되고 있다(세상에, 1200개가 아니라
1200만 개다!—인용자). 이 가운데에는 식수에 대한 WHO의 비소
한계치를 수백 배 초과하는 경우도 허다하다.
비소는 히말라야 산맥의 바위 속에 들어 있다가, 갠지스 강이나
드라마푸트라 강 같은 큰 강에 바위가 침식되면서 하류로 운반된
다. 이 과정은 아마 수천, 수백만 년에 걸쳐 천천히 진행될 것이
다. 비소는 점차 범람원과 삼각주의 두터운 진흙층에 퇴적되었
고, 이 삼각주가 방글라데시 국토의 대부분을 이루고 있다. 그리
고 아무 방해도 받지 않은 채 그 자리에 머물러 있었다. 그러다 30

년 전부터 사람들이 진흙층 아래 있는 물을 식수로 사용하기 위해 끌어올리게 되었다. 이때 비소도 함께 끌어올린 것이다. 비소는 깊이 20~100m의 관정에서 가장 많이 검출된다. 안타깝게도 대부분의 관정이 바로 이 깊이에 속한다.

방글라데시 전역의 6만8천 개의 마을에서 소리 없이 유행병이 돌았다. 불소화합물처럼 비소도 체내에 축적되는 독이다. 비소가 함유된 물은 10년을 마셔야 비로소 첫 증세가 나타난다. 누가 위험에 처했는지 아무도 모른다. 사실상 어느 집에나 관정이 있었는데 관정의 위치와 깊이가 조금만 달라도 물속의 비소 함량은 크게 차이가 나는 것처럼 보였다. 어떤 관정이라도 치명적 농도의 비소가 검출될 수 있었다. 확실한 결과를 얻으려면 모든 관정을 조사해야 했다. 그러나 실제로 조사된 관정의 수는 극히 적다. 오늘날, 1천 명의 방글라데시 인들 가운데 10명은 이미 피부질환, 암, 그 밖의 다른 증세가 나타나고 있다. 이 재앙의 규모를 WHO에 처음 경고한 미국인 의사 앨런 스미스의 말에 따르면, 이미 많은 사람들이 죽었고 앞으로 10년 안에 25만 명이 같은 증세로 쓰러지게 될지 모른다.

—위의 책, 103쪽~105쪽

지하수 때문에 생긴 방글라데시와 인도의 비극은 엄청났다. 위에서 인용한 것은 일부일 뿐이다. 그런데 이 이야기의 마지막에 다른 나라 이야기도 조금 덧붙여져 있었다.

갠지스 강의 비극은 이것이 전부일까? 그렇지는 않을 것이다. (중략) 스위스 연방 환경과학학회의 미카엘 베르크는 베트남의 레드 강 삼각주 아래에 있는 관정의 수질에 관한 연구 결과를 발표했다. 이 물속의 비소 함량은 WHO 기준치의 300배가 넘는다. 베르크는 비소 중독 증세가 이 지역에서 곧 드러날 것이라고 전망했다. 레드 강 삼각주는 1천1백만 인구의 보금자리다. 여기에는 가장 많은 인구가 거주하고 있는 베트남의 수도인 하노이도 포함된다.

—위의 책, 110쪽

하노이! 지금 우리가 와 있는 이곳이다. 영어로 레드 강이라고 부르는 그 강은 홍紅 강을 영어로 번역한 이름이다. 이곳은 하노이의 도심을 조금 벗어나 있고, 이 마을의 지천은 홍 강으로 이어진다! 책에 이렇게 나올 정도라면 지하수에 비소가 섞여 있다는 것은 누구나 아는 사실일 것이다. 그런데 비소가 들어 있다는 것을 알면서도 속수무책으로 비소를 마시고 죽어가기를 기다리는 마을 사람들이 있다는 것은 상상할 수가 없었다.

"이 정도면 정말 심각한 것 아닙니까? 사람들이 비소를 마신다는 걸 알면서도 마시고, 그런 줄 알면서도 아무런 대책을 세우지 않는 정부는 또 뭡니까?"

"금방 읽어보셨군요. 정말 끔찍한 상황이죠. 안내를 맡은 학생의 말에 따르면 자기네들이 마시는 지하수에 비소가 섞여 있다는 것을 마을 사람들도 안다고 합니다. 그런데도 그냥 속수무책이라고 해요. 돈이 없으니까 늘 병물을 사 마시지도 못한다고 합니다."

나는 갑자기 궁금해졌다. 길가에 늘어선 저 많은 휴대전화 가게들은 다 무엇인가? 저 심한 먼지 속에서 마스크를 쓰고 오토바이를 타고 다니고, 그 속에서 먹고 마시고, 그래도 휴대전화는 쓴다는 뜻이 아니겠는가.

"그런데도 휴대전화는 많이 쓰는 모양입니다. 비용이 만만찮을 텐데요."

"그렇다고 하는군요. 참 아이러니하죠. 먹을 물을 위해 쓸 돈은 없는데 휴대전화는 써야 하는 현실이 말입니다."

"참 희한한 상황이군요."

휴대전화에 달마다 어느 정도의 돈을 들여야 하는지 우리는 대략 짐작할 수 있다. 병물을 사 마시지도 못하고, 빗물을 받아먹지도 못하는 사람들이 비소가 든 지하수를 마시고 그 물을 생활용수로 쓸 수밖에 없는 게 그들의 현실이었다. 다국적기업들의 놀라운 승리다. 여기서도 노키아, 삼성, LG가 가장 잘 눈에 띈다.

도시가 쓰고 버린 하수를 뒤집어쓰고 살아가는 빈민들

하노이 공항에서 한 시간 반쯤을 달려 도착한 쿠케는 하노이 도시 외곽에 위치해 있었다. 창밖으로 작은 개천이 보였다. 물가에는 온갖 쓰레기가 아무렇게나 버려져 있었고, 버스 창문이 닫혀 있는 데도 썩는 냄새가 코를 찔렀다. 1980년대 서울에도 이와 비슷한 곳이 있었다. 그 당시 나는 경기도 남양주의 미금면에서 버스를 타고 여의도까지 출퇴근한 적이 있다. 그러자면 왕숙천과 중랑천을 지나야 했다. 그때 그 지천들은 심하게 썩어 있었다. 버스 안에서 책을 읽느라 바깥을 내다보지 않아도 버스가 중랑천을 지나는지 왕숙천을 지나는지 냄새만으로도 알 수 있었다. 퇴근할 때면 왕숙천을 지나 구리의 원진레이온 공장 앞을 지나갔는데, 환경재해로 악명 높았던 원진레이온에서는 높은 굴뚝에서 뭉게뭉게 구름 같은 뽀얀 연기가 올라오고 매우 불편한 느낌을 주는 메스껍고 매캐한 역겨운 냄새가 나곤 했다. 그때는 그게 무엇인지 알지 못했다. 후일 기사를 보고 그곳에서 이황화탄소중독증이라는 무서운 집단 중독이 발병했다는 사실을 알게 되었다. 하지만 그곳을 벗어나면 곧 맑은 공기를 마실 수 있었다. 그런데 이곳에는 그 어디에도 맑은 공기조차 없었다.

차에서 내려 우리는 마을회관으로 걸어갔다. 좁은 길이 공사 때문에 막혀버린 탓이었다. 논밭을 가로질러 가다가 오리를 키우는 작은 농장을 지났다. 연못에 오리들이 놀고 있었는데 분비물 냄새가 코를 찔렀다. 가축들의 오물이 아무런 시설을 거치지 않고 마구 버려져 있었다. 안내를 맡은 학생에게 물어봤더니 이 마을에는 돼지나 소를 키우는 곳도 있다고 했다. 그 오물들이 그대로 개천으로 흘러든다고 했다. 개천으로만 흘러들겠는가. 지하수에도 스며들 것이다. 가슴이 먹먹해졌다.

마을회관에 도착하니 마을 사람들이 우리를 기다리고 있었다. 정말로 이곳은 남의 나라 같지가 않았다. 말만 다를 뿐이었다. 물론 '말만 다르다'는 것이 무척이나 다르다는 뜻임을 잘 안다. 그러나 이들 역시 몽고반점을 가지고 태어나는 몇 안 되는 민족 가운데 하나다. 생김새가 비슷한 건 말할 것도 없다.

마을회관에서 카메라를 들이대자 먼지가 없는 곳이 없었다. 마을회관 마당도 여

가축 분비물로 심하게 오염된 하노이 인근 쿠케 마을의 개천

기저기 파였고 흙더미가 쌓여 있었다. 먼지 하나 없이 깨끗한 것은 마을회관 회의장 맨 앞 가운데 자리 잡은 호치민의 조각상뿐이었다. 마을 대표가 환영인사를 했고 한무영 교수가 답사를 했다. 마을 대표는 베트남 말로 하고, 한 학생이 영어로 옮겨주었다. 그러나 영어 발음이 낯설어서 말을 알아듣기가 어려웠다. 버스를 타고 오는 길에 이야기를 잠깐 나눈 적이 있다. 그런데 서스테이너블sustainable(지속 가능한)이라는 말을 도저히 알아들을 수가 없어서 써보라고 했다. 조금 복잡한 영어 낱말은 써야만 소통이 될 정도로 우리와는 영어 발음이 많이 달랐다.

물 전쟁에서
　　애꿎은 희생자는
　누구인가　　　　　　　주위를 둘러보다가 내 앞에 놓인
물병이 눈에 들어왔다. 여기 사람들이 우리를 위해 펩시에서 파는
생수 아쿠아피나Aquafina를 물잔과 함께 내놓았다. 그것은 봉사자들
을 위한 마을 사람들의 따뜻한 배려였다. 그들은 비소가 섞인 물을
마시고 우리에게는 병물을 권한다. 물을 마시다 체하면 약도 없다는
데, 갈증은 쉽사리 가실 것 같지 않았다.

어떤 사람들은 아쿠아피나를 '펩시'라는 상표만으로 믿을 만하다
고 말한다. 아쿠아피나는 수돗물을 재처리한 다음 칼륨과 같은 미
네랄을 조금 섞어서 만들어진 병물로, 1달러쯤에 판매하고 있다. 대
동강 물장수 봉이 김선달이 떠오르며 피식 웃음이 났다. 시장도 물
건도 거의 무한하다. 아쿠아피나는 세계 병물 시장의 2인자다. 물병
에는 깎아지른 듯한 높은 산이 그려져 있다. 마치 깊은 산속에서 받
아온 물인 양 착각이 든다.

나도 한국에서 병물을 사 마시기는 한다. 그러나 집에서는 그냥
수돗물을 받아서 먹는다. 내가 싫어하는 것은 수돗물의 소독약 냄
새다. 그게 싫어서 결명자 차를 끓여두었다가 마신다. 우리가 보통
생수라고 부르는 병물이 수돗물보다 더 안전하지 않다는 신문 기사
가 나온 지는 꽤 오래되었다. 최근 한국에 값비싼 생수 시장이 활개
를 치자 그 값비싼 생수가 꼭 좋은 것만은 아니라는 기사가 신문이나
주간지에 실리기도 했다. 예를 들면 이런 식이다. "최근 국내 '천연 광

천수(Natural Mineral water)'에서도 발암물질이 검출돼 충격을 던져주고 있다. 서울시 보건환경연구원은 지난해 5월 18일부터 6월 12일까지, 시중에 유통된 먹는 샘물 47종에 대해 발암물질로 알려진 브롬산염 검사를 실시했다. 그 결과 38.3%에 달하는 18종에서 국제 기준치를 초과한 브론산염이 검출된 것으로 조사됐다. 브론산염은 먹는 샘물의 제조공정 중 세균증식을 막는 오존 살균처리를 과도하게 했을 때 나오는 물질로, 동물실험에서 신장, 갑상선 등의 독성을 일으키는 것으로 보고됐다. 만일 업체가 오존 처리를 했다면 '오존 처리'라는 문구를 제품에 삽입해야 하며, 천연(natural)이라는 단어를 넣어서는 안 된다."(《주간한국》, 2010년 4월 29일, 인터넷에서 인용) 그러나 문제는 그런 기사들이 그다지 설득력을 갖지 못한다는 것이다. 사실 이미 마시는 물은 당연히 병물이어야 한다는 인식이 널리 퍼져버렸고, '프리미엄'급 병물의 가격은 자꾸만 치솟고 있다. 스와로브스키의 크리스털 물병에 담긴 블링H_2O는 750㎖ 한 병에 4만 원쯤한다. 이런 것을 가지고 '좋은 물' 어쩌고 하는 것은 바보 같은 생각이다. 몇 백만 원짜리 루이뷔통 가방을 두고 가격 대비 품질 어쩌고 말하는 것과 다를 바가 없다. 블링Bling이라는 이름도 그렇다. 블링은 블링블링bling-bling을 줄인 말인데, 화려하게 차려입고 나선다는 뜻이다. 그러니까 이 물의 이름은 '화려하게 차려입고 나선 물'인 셈이다. 이런 초호화 병물의 등장은 적어도 사회적으로는 병물과 수돗물의 싸움에서 수돗물의 완전 패배를 상징적으로 보여주는 것이다. 아마 사람들은 이렇게 생각할지 모른다.

‘병물을 믿을 수 없다고? 그럴지도 모르지. 그러나 수돗물을 어떻게 믿어? 정부 당국자는 사고가 나면 책임을 지나? 그래도 기업에서는 돈을 받은 만큼 책임을 지지 않겠어? 그리고 아쿠아피나를 생각해보라고. 그 물은 ‘수돗물’을 재처리한 거잖아. 그리고 몸에 좋다는 미네랄을 첨가했어. 그 물이 세계 병물 시장의 2위 자리를 차지하고 있단 말이야. 그래도 수돗물이 좋다는 거야?’

냉정하게 말하자면 수돗물도 문제는 많다. 수돗물 오염 사고는 인터넷에서 검색해보면 쉽게 찾을 수 있을 정도다. 낙동강 페놀 오염 사고가 1991년에 한국을 떠들썩하게 만들었다. 그보다는 작은 사고였지만 역시 2008년에도 페놀 오염 사고가 있었다. 수돗물에 망간이 잔뜩 들어 있고 녹슨 물이 나와서 놀란 주민들의 이야기도 쉽게 찾아볼 수 있다. 이게 다 지나간 옛날이야기만은 아닐 것이다. 수도관이 낡아서 쓰는 수돗물보다 버리는 수돗물이 더 많다는 말이 있을 정도다. 그 낡은 수도관에 슬어 있던 녹은 다 어디로 가는 걸까? 그래도 수도관을 전부 새것으로 교체한다는 이야기를 들은 적은 없다. 현실적으로 어려움이 클 것이다. 교체하면 또 교체해야 할 것이 새로 생겨날 테니 끝도 없이 지속적으로 교체해야만 할 것이다. 그뿐만이 아니다. 병원균 논란도 있었다. 그러고 보면 결국 어떤 시설, 특히 중앙집중식의 거대한 시설은 늘 문제점을 안고 있다. 그럼에도 우리는 상수도 시설이나 댐 문제에 대해 그다지 생각해보지 않았다.

환영식이 끝나가고 있었다. 한무영 교수의 마지막 말이 이어졌다.

"우리는 빗물 시설을 만들어드리려고 합니다. 물론 충분하지도 않고 많지도 않습니다. 그러나 이 간단한 시설을 사용해보면, 빗물을 받아서 쓰는 것이 얼마나 좋은지, 또 그게 얼마나 쉬운지를 알 수 있을 겁니다. 우리가 떠난 뒤에는 여러분들이 직접 이 시설을 설치해서 사용할 수 있기를 바랍니다. 혹시 기술적인 문제가 궁금하다면 저희들에게 언제든 이메일로 문의해주십시오"

행사가 끝나고 나는 한무영 교수에게 물었다.

"이 마을 사람들이 쓰는 생활용수나 농업용수는 모두 지하수겠죠?"

비소가 섞인 물로 씻을 테고, 비소가 섞인 물로 채소를 기를 테고, 소나 돼지나 닭도 그 물을 먹을 것이다. 말할 것도 없이 몸속으로 비소가 흘러들어갈 것이다. 너무나 당연한 질문이지만 너무나 이기적인 생각이 떠올랐다. 당장 이곳에서 봉사하는 기간 동안 나는 먹고 마셔야 한다. 그러나 다 잊어야 한다. 밥이나 국은 무슨 물로 준비했는지, 채소는 무슨 물로 씻었는지…, 생각하면 뭐하겠는가.

"그렇겠죠. 그런데 지하수만으로는 모자라니까 마을 공동 우물에 있는 물도 사용하겠죠."

"공동 우물도 있나요?"

"제가 보기에는 빗물을 모아둔 작은 유수지 같아요."

"그 물은 깨끗한가요?"

"깨끗하지 않을 겁니다. 햇볕에 노출된 상태로 오랫동안 가둬둔 데다가 관리가 제대로 되지 않으니 많이 오염됐겠죠."

한 교수가 씩 웃으며 말을 이었다.

"점심을 이 동네에서 먹을 겁니다. 마을의 한 집에 점심을 부탁해두었습니다."

나는 더 이상 말을 잇지 못했다. 속이 불편했지만 그냥 잊어야 한다. 우리는 기껏해야 열흘쯤 먹다가 떠날 사람들이다. 이곳 사람들은 알면서도 어쩌지 못하고 '나쁜 물'을 마시며 평생을 살아가고 있다. 《강의 죽음》에도 이와 비슷한 상황이 나온다.

누군가 내게 인도의 구자라트 주 남부 산업도시인 바도다라 시장에서 구입한 채소는 먹지 말라는 이야기를 해주었다. 이 채소들은 대부분 이 도시의 화학공장에서 배출된 폐수를 그대로 이용해 재배되었을 것이라는 게 그 이유였다. 바도다라의 공장폐수는 하수도로 배출되어 마을에서 60km 떨어진 바다로 흘러들어간다. 한 농민은 이 하수도 물이 "바닥을 드러내는 일은 결코 없다"고 말했다. "갖다 쓸 마음만 있다면 이 물은 얼마든지 있습니다. 이 물은 늘 있어요. 여기 우물물들하고는 달라요."(말할 것도 없이 이 마을 우물은 화학공장에서 지하수를 모두 뽑아 쓰는 바람에 말라버렸다.) 그 하수도는 가까이 가고 싶은 마음이 조금도 들지 않는 곳이다. 나는 하수도 하나의 콘크리트 덮개 아래를 들여다보았다. 폐수를 얻으려는 농민들 때문에 콘크리트 덮개는 어딜 가나 부서져 있었다.

(중략)

그러나 가난한 개발도상국에서는 아무 처리도 하지 않은 오수를 그대로 작물 재배에 이용하는 일이 증가하고 있다. 국제수자원관리연구소의 크리스 스코트는 이런 관행에 대해 처음으로 국제적 조사를 실시했다. 그는 전 세계 작물의 약 10분의 1이 이런 방식으로 재배되고 있다는 충격적인 결과를 내놓았다. 쌀과 밀뿐만 아니라 양상추, 토마토, 망고, 코코넛에 이르는 모든 작물이 대도시의 하수구에서 나오는 냄새나고 이물질이 들어 있는 물로 재배되는 것이다.

(중략)

스코트의 추정에 따르면 전 세계에서 2천만 헥타르가 넘는 농지가 오수로 경작되고 있다. 그리고 이런 오수 경작은 계속 증가하고 있는데 개발도상국의 대도시 근교에서 가장 활발하게 이루어지고 있다. 이런 지역에서는 건기에 물 공급이 극도로 줄어들어도 하수구에서는 1년 내내 오수를 쏟아낸다.

(중략)

소비자들은 기겁할 소리겠지만 농민들은 오수를 이용한 작물 재배를 좋아한다. 그 이유는 먼저 오수에는 질산염과 인산염이 풍부해 작물에 공짜 비료를 주는 셈이 되기 때문이다. 두 번째로는 강이나 관개수로를 통해 공급되는 깨끗한 물보다 오수 공급은 더 확실하고 끊이지 않기 때문이다. 따라서 농민들은 계속 물을 필요로 하는 부가가치가 높은 작물, 이를테면 채소 같은 작물을 기를 수 있다는 이야기다.

―《강의 죽음》, 391~393쪽

얼마나
　　많은 양의 빗물을
　　받을 수 있나?　　　　　　　"얼마나 되는 양을 몇 개나 설치
하나요?"

"2t의 빗물을 받아 쓸 수 있도록 다섯 군데에 설치합니다. 내일부
터 학생들이 조를 짜서 하나씩 맡아서 설치를 시작할 겁니다."

아, 중요한 설명을 이제야 한다. 이 여행은 서울대학교 학생들이
겨울방학을 맞아 봉사활동을 하기 위해 온 것이다. 어학연수를 가
고, 워킹홀리데이를 떠나고, 배낭여행을 떠나는 대신 이곳을 선택했
다고 한다. 이들은 열흘 동안 베트남 하노이의 도시 외곽에 위치한
쿠케에서 끔찍한 환경 속에 살아가는 주민들에게 빗물 시설을 설치
해주기 위해 왔다. 경비의 일부를 본인들이 부담했으며, 부족한 부
분은 한무영 교수가 직접 마련했다고 한다. 이 학생들을 위한 비행
기삯과 숙식비용이 만만찮았을 것이다.

우리가 묵은 곳은 마을에서 차로 한 시간쯤 떨어진 시내 쪽에 있
는 호텔이었다. 그 마을 근처에서는 스무 명쯤이 묵을 만한 잠자리가
보이지 않았다. 호텔이라고는 하지만 아주 작고 수수한 곳으로 유스
호스텔 정도의 시설이었다. 물론 봉사활동 현장과 비교하면 그곳은
천국이나 다름없었다. 주로 한국 관광객들이 많이 묵는 곳이라고 했
다. 호텔 안에 있는 가게에는 한글 안내판도 붙어 있었다. "담배, 주
류, 아이스크림"이라고 쓰인 작은 매점 간판에는 아쿠아피나 광고판

이 붙어 있었다. 물병에서 본 것처럼 광고판 배경 역시, 높은 산 그림이 매우 선명하게 보였다.

똥물을 만들어내는 하수도 시스템

저녁을 먹고 각자 방으로 흩어지기 전에 호텔 앞에 있는 카페에서 커피를 마셨다. 서로가 잘 모르는 사이라 '호구조사'를 시작으로 살아가는 이야기도 나누고, 그날 본 마을에 대한 이야기도 나왔다. 가장 충격적인 이야기는 역시 하수도 시설에 관한 것이었다. 그날 본 도시 외곽의 마을은 하노이라는 거대 도시의 상수도가 내뱉은 오염된 하수로 뒤덮여 신음하는 곳이었다. 한무영 교수가 말문을 열었다.

"빗물과 하수의 관계도 좀 심각합니다."

빗물과 하수가 무슨 관계가 있단 말인가? 언뜻 이해가 되지 않았다.

"혹시 그거 아세요? 도시의 수세식 변소에서 나오는 것들이 모두 하수도로 흘러들어가고, 그것을 하수종말처리장에서 처리한다는 사실 말입니다."

"아뇨. 그런 줄 몰랐습니다. 저는 정화조에서 처리되는 줄 알았습니다."

"아닙니다. 지금 정화조를 쓰는 건 하수도관의 설치나 설계에 문제가 있기 때문입니다. 서양 선진국의 경우에는 하수도관을 통해서 하수종말처리장까지 잘 흘러가기 때문에 정화조를 쓰지 않습니다.

그런데 한국의 경우 그게 잘 안 되니까 정화조를 설치하게 한 겁니다. 그러니까 이중으로 해놓은 셈이죠."

"그렇군요. 그런데 하수와 빗물은 어떤 관련이 있는 겁니까?"

"이렇게 생각하면 쉽습니다. 수세식 변기라는 건, 적은 양의 오물에 물을 더해서 많은 양의 더러운 물로 만드는 겁니다. 이것이 하수종말처리장으로 보내집니다. 한편 비가 오면 깨끗한 빗물도 하수도를 통해 하수종말처리장으로 갑니다. 적은 양의 더러운 물이 엄청난 양의 더러운 물이 되는 거죠. 그러니까 빗물을 잘 받아서 쓰면 깨끗하기 때문에 어떤 용도로도 쓸 수 있는데, 하수도로 바로 들어가게 만들면 아주 더러운 물이 되는 겁니다."

"그렇군요. 그런데 가끔 비가 너무 많이 와서 하수도를 통해서 다 빠져나가지 못하는 경우도 있잖습니까. 그럴 때는 하수종말처리장에서도 받을 수 있는 물의 한계가 넘칠 것 같은데요?"

"비가 단시간에 너무 많이 내리면 하수종말처리장에서 받을 수 있는 양이 그만큼 빨리 채워지겠죠. 그러면 더 심각해집니다. 더 이상 받을 수 없는 상태가 되면 그냥 그대로 강으로 흘려보내버릴 수밖에 없으니까요."

"빗물을 많이 받아두는 것이 그저 홍수 예방 차원에서만 필요한 게 아니었습니다. 흘려보내지 않음으로써 환경오염도 막을 수 있는 거군요."

"그렇습니다. 그런데 똥과 오줌 가운데 어떤 것에 오염물질이 더 많이 들어 있을까요?"

"똥 아닌가요?"(웃음)

"아닙니다. 오줌입니다.(웃음) 그래서 요즘 선진국에서는 오줌을 분리시키는 하수도 시스템을 개발하는 중입니다. 그러면 하수 처리를 좀 더 효율적으로 할 수 있거든요. 오줌은 그대로 버리면 땅이나 물을 심하게 오염시키지만 오랫동안 삭히면 거름이 됩니다. 도랑 치고 가재 잡는 격이죠. 그런데 이런 것도 우리 선조들이 만들어 쓰던 오줌장군을 생각하면, 적어도 선조들의 지혜만큼은 우리가 뒤지지 않았다는 것을 알 수 있습니다. 오줌이 그렇다는 것을 우리 선조들은 잘 알고 있었고, 분리해서 썼던 거죠."

이야기를 나누면서 솔직히 똥이나 오줌 같은 낱말을 사용하기가 조금 거북했다. 한자어로 말하면 대변이나 소변인데, 어째 어감이 잘 살아나지 않는다. 생각을 바꾸기로 했다. 사실 우리 몸에서 나온 것이고, 누구나 몸속에 담고 다니는 것들인데, 나부터도 너무 멀찍이 거리감을 두는 경향이 있다. 특히 요즘은 청결하고 향기 나는 수세식 변기에 앉아서 물을 내리면 그것으로 끝이다. 그것이 어디로 가서 무엇을 더럽힐지 걱정하지 않는다. 그런 생각마저 똥물과 함께 지하로 흘려보내버리는 것이다. 거북한 낱말을 자꾸 들먹여야 세상이 깨끗해질 모양이다.

6장_

청와대에
연못이 없어서
홍수가 난다?

우리는 아침 일찍 일어나 마을로 갔다. 그곳에서 학생들은 자기가 맡은 곳으로 몰려가 설치를 시작했다. 내가 가장 놀란 것은 빗물을 받아 쓰는 방식만이 아니라 보관하는 방식이었다.

이렇게 간단한 여과 장치만으로 충분한가요?

"이렇게 간단한 여과 장치만으로 빗물이 깨끗해지나요?"

"그럼요. 제 전공 분야가 수처리라는 것 기억하시죠?"(웃음)

"물론이죠.(웃음) 침전이나 여과 같은 분야라고 말씀하셨던 것 같은데요"

"예. 맞아요. 만일 제가 그 분야를 전공하지 않았다면 빗물을 이렇게 간단하게 처리할 수 있는 방법을 몰랐을 겁니다. 전공자가 아니었다면 어쩌면 나 자신도 믿기 어려웠을지 모릅니다. 참 세상살이가 묘하다 싶었어요. 2000년 이후로 빗물에 관심을 가지면서, 그동안 제가 연구해왔던 학문이나 연구들이 필요 없을지 모른다고 생각했던 적이 있습니다. 그런데 빗물 관련 시설을 만들다 보니, 제가 전공했던 수처리에 대한 연구가 아주 쓸모 있더라고요."

한무영 교수의 말대로 잘 알지 못하는 누군가의 생각이라면 믿을 수 없을 정도로 그 방법이나 설치는 전혀 복잡하지 않았다. 매우 간단하다고 말할 수 있을 정도였다. 간이 빗물 시설은 간단하게 세 부분으로 나눌 수 있다. 빗물을 받는 부분(집수면, catchment), 그 빗물을 여과시키면서 빗물 저장 튜브로 연결된 도관과 침전통(침전조라고도 부른다), 그리고 빗물을 받아서 보관하는 튜브였다. 너무나 단순했다. 그래서 경험이 없는 학생들의 손으로도 설치가 가능했다. 경험이 없는 누구라도 설치가 가능하다는 것은 무척이나 중요한 의미를 지닌다. 이곳 사람들도 금방 배워서 설치할 수 있기 때문이다. 빗물을 받아 쓰는 시설이 이처럼 간단한 것이라면 그저 아이디어의 문제일 뿐이라는 생각이 들었다. 그렇다면 쉽게 전파될 수도 있다는 이야기가 된다. 가난한 사람들에게도!

빗물을 받는 부분(집수면)은 마치 우산을 뒤집어놓은 모양새를 떠올리면 된다. 그 면적이 좀 넓을 뿐이다. 만약 지붕과 물을 저장하

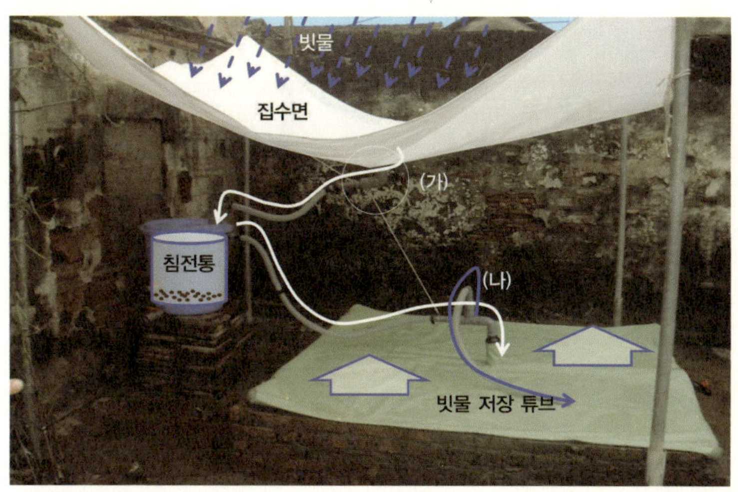

서울대학교 학생들이 베트남의 쿠케 마을에 설치해준 간이 빗물 시설이다. 물을 받아서(집수면), 두 번의 여과(필터와 침전통)를 거쳐 빗물 저장 탱크로 들어가도록 만들었다. 이것으로 식수 걱정은 하지 않아도 된다. 물이 오염될 염려도 전혀 없다. (가)에 달린 것이 필터다. 비가 너무 많이 오면 빗물은 저장 탱크로 들어가지 않고 (나)를 통해 빠져나간다.

는 튜브를 연결할 수 있다면 지붕을 집수면으로 사용할 수도 있다. 그러면 지붕 면적만큼 빗물을 모을 수 있는 것이다. 그렇게 모은 물이 통과하는 도관의 맨 앞부분에 필터가 달려 있다. 그 속을 들여다보면 물이 촘촘한 망을 통과한다는 것을 알 수 있다. 참 간단해 보였다. 그러나 한무영 교수의 설명은 그렇게 간단하지만은 않았다. 간략하게 요약하면, 물이 그 속으로 들어가면 회오리처럼 돌게 되고 그 과정에서 빠져나갈 것은 빠져나가고 걸러질 것은 걸러진다는 것이었다. 그러나 그런 '물리학'에 무식한 나로서는 특별한 기계장치로 보이지 않았다. 그저 망이 하나 달린 연결통 정도로 보였다. 이 필터

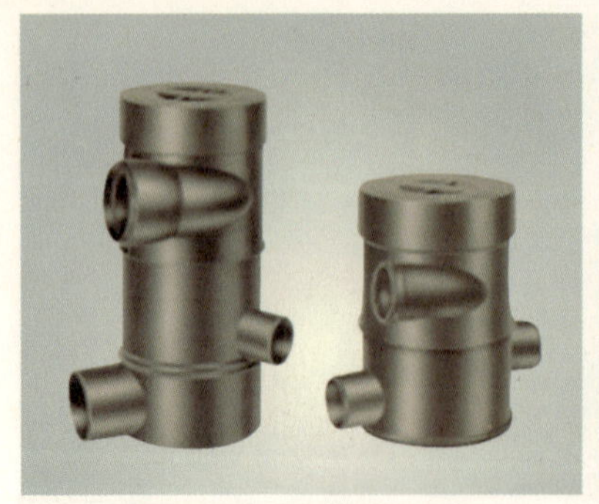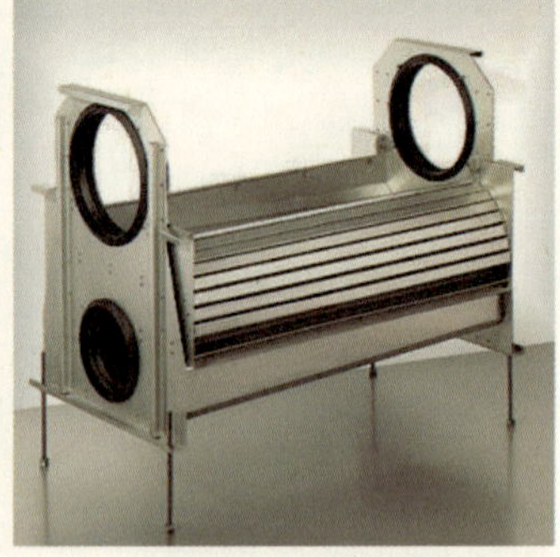

빗물 시설에 사용되는 필터로 독일 제품이다. 독일에서는 빗물을 받아 쓰는 게 일상적이라 필터 등 빗물 시설 관련 제품이 다양하게 생산되고 있다.

는 독일제였다. 그리고 그 물은 침전통으로 들어간다. 침전조라고도 하는 그 침전통에서 물에 섞여 있던 무거운 불순물들이 가라앉게 된다. 그다음엔 깨끗한 물만 저장조로 흘러들어가게 되는 것이다. 그 장치의 구조도 아주 간단해 보였다. '제이(J)' 자 모양의 관을 통해 침전조로 들어가면 물은 통의 위쪽으로 솟구친다. 그러면 통 안에 있던 침전물의 상태에는 영향을 거의 미치지 않는다. 다만 가라앉기만 할 뿐이다. 그리고 침전조 위쪽의 깨끗한 물만 흘러나간다. 모든 것이 중력과 물의 흐름, 간단한 여과 장치만으로 해결된다. 여기서 '비교적' 비싼 부품은 필터 하나밖에 없다. 다른 것들은 그리 비싸지 않은 플라스틱 통과 플라스틱 관일 뿐이다. 그런데 아무것도 아닌 것처럼 보이는 이 필터는 왜 독일제를 쓰는 걸까?

"모양새로 봐서는 별것 아닌 거 같은데, 왜 독일제를 쓰시나요?"

"맞습니다. 만들기 어려운 부품은 아닙니다. 대단한 게 아니죠.

그렇지만 한국에서는 빗물을 이용하는 시설이 일반화되어 있지 않아서 이런 필터를 생산하는 기업이 없습니다. 그러니 어쩔 수 없이 독일제를 쓰는 거죠."

"그렇다면 독일에서는 빗물을 이용하는 시설이 꽤나 일반적이라는 말씀인가요?"

"그럼요. 독일은 빗물을 사용하는 곳이 아주 많습니다."

"원래 식수로 쓰기에 좋지 않은 물만 나오는 곳이라 그런 모양이죠?"

독일의 식수에는 석회석이 많이 함유되어 있어 식수로 적당하지 않다고 들은 적이 있다. 그래서 맥주가 발달했고, 많이 마신다는 말이었다. 또 석회석은 치아를 상하게 한다고 했다. 그래서 치과 기술이 발달했다는 것이다. 만일 전 국토의 물이 식수로 적당치 않다면 빗물은 정말로 하늘이 준 선물일 것이다.

"글쎄요. 앞서 말한 적이 있지만, 그들은 석회석이 전혀 들어 있지 않은 물을 마시면 오히려 탈이 난다고 합니다. 혹 석회석의 함량이 높은 일부 지역에서 그런 이유가 있다고 해도, 그게 전부는 아닐 겁니다. 사실 식수 양이야 얼마나 되겠습니까. 생활용수, 농업용수, 공업용수가 많겠죠. 아무튼 독일의 강수량은 700mm 정도로 우리보다 훨씬 적지만 물이 부족하다고 느끼지 못하는 것 같습니다. 아마도 비가 1년 내내 고르게 내리고, 그 빗물을 잘 활용하기 때문이 아닌가 싶습니다. 빗물을 잘 관리하면 강물도 넉넉해지고 지하수도 충분히 채울 수 있기 때문이죠. 그러니 독일에서는 빗물을 받아서 쓰는 게

매우 일상적입니다. 그리고 독일 사람들은 물을 절약하는 것이 몸에
배어 있습니다. 물론 수돗물값이 아주 비싼 것도 이유겠죠."

수돗물값이 싸면 누구에게 도움이 되는 걸까?

"그렇군요. 그런데 수돗물값이
얼마나 비싸나요?"

"아마 수도 요금이 한국에 비해 10배는 비쌀 겁니다. 세계에서 수
돗물값이 가장 비싼 덴마크의 코펜하겐은 15배쯤 되고요"

"10배가 넘는다고요? 기본 생활에 필요한 수도 요금 같은 경우에
는 그 나라의 경제 사정이 함께 고려되어야 할 텐데요. 독일이 한국
보다 10배나 잘사는 나라가 아니라면 그 수도 요금은 무척이나 비싼
것으로 생각됩니다."

나중에 찾아봤는데, 2009년 1인당 국민소득만으로 비교해보면
한국은 1만 9830달러, 독일은 4만 2560달러, 덴마크는 5만 8930달
러였다.* 이 수치로 비교해보면 독일은 2배쯤 되고, 덴마크는 3배쯤
된다. 그렇게 보면 독일의 물값은 한국에 비해 5배는 비싼 셈이다.
프랑스와 영국도 독일보다는 조금 덜하지만 비싸기는 마찬가지였다.

"글쎄요. 말하기 나름일지 모르겠습니다만 한국 물값이 싼 겁니

---

* http://en.wikipedia.org/wiki/List_of_countries_by_GNI_(nominal,_Atlas_
method)_per_capita 참조.

다. 지금 한국의 수도 요금은 생산비의 80% 정도라고 알려져 있습니다. 말하자면 수돗물을 만드는 비용보다 적은 돈을 받고 있는 셈이죠. 이런 상황을 두고 사람들은 물이니까 당연히 그래야 한다고 생각합니다만, 꼭 그렇지는 않습니다. 생각을 좀 깊이 해보면 큰 문제라는 것을 알 수 있습니다."

"한국의 수도세를 더 올려야 한다는 건가요? 그러면 서민들이 부담스럽지 않겠습니까? 가뜩이나 경제도 점점 더 힘들어지는데요."

"그런 게 아닙니다. 사람들은 수도세를 자꾸만 일반 가정을 기준으로 생각하는데요, 물을 엄청나게 쓰는 큰 공장의 경우를 생각해보십시오. 큰 공장에서 쓰는 물의 양은 일반 가정에 비하면 비교할 수 없을 정도로 엄청납니다. 예를 들면 충남 당진군에 있는 고대·부곡의 산업단지에 필요한 물이 2010년에는 하루에 9만 6000t이 될 거라는 예상치를 본 적이 있습니다(김민철, 〈EBN 산업뉴스〉, 2007년 6월 15일). 이 양은 대략 30만 명의 일일 사용량에 해당합니다. 이런 공업용수로 쓰이는 물도 집에서 쓰는 수돗물과 똑같습니다. 식수로 쓸 수 있도록 최대한 정수 처리한 수돗물을 공업용수로 쓴다는 것도 문제죠. 게다가 이렇게 수도사업을 통해 생긴 적자는 세금으로 메꿉니다. 이렇게 보면 지금의 수도세 체계가 정말 서민들에게 이익이 된다고 볼 수 있을까요?"*

"아니군요. 결국 국민의 세금을 기업에 털어넣는 꼴이군요."

---

* http://www.ebn.co.kr/news/n_view.html?id=294265 참조.

"그러니까 저는 수도세를 올려야 한다고 생각합니다. 적정한 이윤을 보장할 수 있는 수준까지 말입니다. 그러면 평균 1.5배는 올려야 할 겁니다. 이렇게 해도 서민들의 수도세는 지금보다 더 낮아질 수 있습니다. 기업에서 많이 받으면 되니까요. 지금처럼 수도 요금이 싸면 기업은 물을 아낀다거나 '혁신'이나 기술 개발을 통해 문제를 해결하려 들지 않을 겁니다. 빗물을 받아 사용하는 '좋은 방법'이 있어도 그럴 필요가 없죠. 정부에서는 이미 오래전부터 한국을 물 부족 국가로 선전하고 있습니다. 그러면서도 이처럼 물을 아껴 쓰기 위한 근본적인 제도에는 관심이 없어요. 일반인들에게만 물을 아껴 쓰라고 하니, 그게 되겠습니까? 그러니 일부 관심 깊은 국민들이 '물 부족 국가'라고 선전해대는 데는 다른 속셈이 있다고 보는 거죠."

"대형 댐 건설을 합리화시키려는 건가요? 제가 또 삐딱해집니다.(웃음) 상수도의 수도 요금 체계를 고치고 빗물 시설을 많이 설치하면 대형 댐을 만들 필요성이 거의 사라질 듯해서 드리는 말씀입니다."

"바로 그겁니다. 그들이 의도했든 하지 않았든, 누가 들어도 그게 합리적인 이야기죠. 만일 그런 상황이 되면 한국의 물 문제는 금방 해결될 겁니다. 일반인들의 부담도 줄어들고, 홍수와 가뭄도 예방하고, 또 해결할 수 있습니다."

한무영 교수와 이런 대화를 나눈 이후에 전 세계의 수도 요금에 관한 자료를 찾아봤다. 정치적으로 안정된 선진국들은 대개 수도세가 비쌌다. 그런데 물 부족 정도가 아니라, 물 기근 국가일 법한 나라들조차 거의 공짜에 가까운 수도 요금제를 쓰는 경우가 있었다.

이 문제에 대한 〈내셔널지오그래픽〉(한국판) 2010년 4월 특집호에 실린 기사가 눈에 띄었다. "정치적인 배려로 수도세가 결정되는 경우도 많다. 투르크메니스탄과 리비아에서는 지도자의 능력을 과시하기 위해 수도세를 걷지 않는다. 쿠바의 수도세는 거의 공짜나 다름 없다."(71쪽)

한국의 경우 한무영 교수가 지적했듯이, 그 '공짜'로 득을 보는 것이 정말 서민인지 다시 생각해봐야 할 것 같다. 예를 들어, 만일 수돗물 1t을 만들기 위해 필요한 돈이 1,000원인데 800원(생산비의 80%)만 받는다고 한다면 한 사람이 받는 혜택은 300원이다(최소한의 이윤 100원을 더해서). 한 달에 30t의 물을 쓰면 9,000원의 혜택을 받는 셈이다. 그러나 작은 자동차 공장 하나가 하루에 1만t의 물을 사용한다고 해보자. 이 공장이 한 달에 30만t의 물을 쓰면 9000만 원의 혜택을 받는 셈이다. 그러니 한무영 교수의 말대로 수도세가 싼 것이 국민을 위한 것이라는 말은 거짓이다. 사실은 기업을 위한 일인데, 마치 서민들을 위한 것처럼 떠벌리는 셈이다.

댐 건설도 비슷한 데가 있다. 《강의 죽음》에 이런 이야기가 나온다. "타락한 군부 독재 정부에서 댐을 가장 선호하는 것은 그리 새삼스러운 일이 아니다. 구소련 전문가인 마셜 골드만은 '거의 프로이트적인 강박증이다. … 댐 건설만큼 소련 정부를 만족시키는 것은 없는 것 같다'고 말했다. 중국에는 2만 2천 개의 대형 댐이 있으며, 이는 거의 전 세계 댐의 50%에 해당되는 양이다. 파시스트인 프랑코 장군 통치하에서 스페인은 그 어느 나라와도 비교할 수 없을 정도로 많은 댐을 지었다."(230쪽) 이런 사정은 더 많은 댐, 더 거대한 댐을 장소를 가리지 않고 건설하려는 미국 정부 산하 개발국을 퇴직한 대니얼 비어드의 말이 생각나게 한다. "댐 건설 결정은 문제를 해결하기 위해서라기보다 일부 정치인들과 그 후원자들의 이득을 위한 정치적 결정입니다."(222쪽) 이게 미국만의 상황일까?

날이 갈수록 댐을 믿기 어렵다는 생각이 들어요

"그런데 중수도라는 것도 있지 않습니까?"

"그건 사실상 없는 거나 다를 바 없습니다. 법적으로 써야 한다고 명시해놓아서 시설은 하지만 실제로 쓰고 있는 곳은 손에 꼽을 정도입니다. 그냥 설치업자만 있을 뿐이죠. 수도 요금이 이렇게 싼데 뭐하러 복잡하게 '더러웠던 물'인 중수도를 씁니까."

중수도에 대한 한무영 교수의 설명은 너무나 간단했다.

"그러면 말만, 상·중·하수도라는 것이 있을 뿐, 사실은 상수도와 하수도뿐이군요."

"현실적으로는 그렇습니다."

한무영 교수와 대화를 나누는 도중에 댐과 빗물 시설, 그리고 홍수나 가뭄의 관계가 궁금해졌다.

"빗물 시설은 크다고 해도 댐에 비하면 아주 작은 것이잖아요. 그 작은 시설로 홍수나 가뭄을 막을 수 있을까요?"

"먼저 댐 이야기부터 해볼까요. 사실 저는 날이 갈수록 댐을 믿기 어렵다는 생각이 듭니다. 예를 들어 댐에 담을 수 있는 물의 양도 아마 발표보다는 적을 겁니다. 오래된 댐일수록 더 그럴 거라고 생각합니다. 오랫동안 토사가 밀려들어 바닥을 채웠을 텐데 얼마나 채워졌는지 정확하게 모르거든요. 그리고 댐이라는 것도 인공 구조물 아닙니까? 수명이 있는 거죠. 때가 되면 철거해야 합니다. 철거하지 않으면 저절로라도 붕괴될 텐데, 그건 또 얼마나 큰 재앙이 될지 알 수 없습니다."

독자들은 기억할 것이다. 이 책을 시작하면서 《문명의 엔드게임》이라는 책을 언급했다. 그 책의 저자가 댐 건설 반대 운동가다. 그러니 댐 철거에 관련된 이야기가 없을 리 없다.

"미국에서는 꽤 오래전부터 댐 철거가 시작되었다고 하더군요. 그런데 《문명의 엔드게임》에서 댐 철거 비용이 정말 어마어마하다는 설명을 읽은 적이 있습니다. 그런데 그것도 '돈벌이'라는 관점에서 그렇게 되는 것일 뿐이라고 저자는 설명합니다. 댐 문제를 조목조목 짚어가며 댐 철거 이야기를 시작하는데요, 한번 보시죠."

《문명의 엔드게임》 2권에 이런 이야기가 나온다.

문명의 세계를 죽이는 이유, 화제 23. 댐.
다만 강물을 가둬놓기 때문만이 아니다. 고기들을 죽이기 때문만이 아니다. 숲을 물에 잠기게 하기 때문만이 아니다. 흙 속의 수

은을 걸러내서 식수로 사용하는 개울로 흘러 들어가게 하기 때문만이 아니다. 인간 및 비인간의 주거지를 모조리 물에 잠기게 하기 때문만이 아니다(세계댐위원회는 2000년에 댐에 밀려서 추방된 인구가 세계적으로 4천만~8천만 명이라고 추정했다). 대량의 물 낭비로 이어지기 때문만이 아니다(라스베이거스, 골프장, 애리조나의 목화밭과 알팔파 목초지 등이 그 예다). 흉물스럽기 때문만이 아니다. 도처에 있기 때문만이 아니다(얼른, 댐이 없는 강 세 군데를 대보라). 종종 대량살육과 대량 생태파괴의 의도적 도구가 되기 때문만이 아니다. 흔히 환경적으로 '깨끗하다'고 홍보되고 있기 때문만도 아니다 분명히 이런 모든 것들은 문명이 왜, 어떤 식으로 세상을 죽이고 있는지를 보여주는 좋은 예가 될 수 있다. 그러나 그 어느 것도 지금 내가 이야기하고자 하는 것이 아니다.

내가 이야기하려는 것은 댐 해체사업이다. 방점은 사업에 찍힌다.

(중략)

5~8개의 댐을 제거하는 비용이 7500만 달러(약 900억 원—인용자). 댐 하나당 900만~1500만 달러라는 이야기다. 이것은 큰 댐들이 아니다.

(중략)

내가 보기에는 높이 5미터에 폭 1미터, 길이가 30미터쯤 되는 것 같다.

—데릭 젠슨/황건, 《문명의 엔드게임》 2권, 당대, 2008년, 97~98쪽

　높이 5m, 폭1m, 길이 30m라면 정말 작은 댐이 아닌가? 소양강댐과 비교해보면 얼마나 작은지 금방 감이 잡힐 것이다. 소양강댐은 높이가 123m, 길이 530m다. 거인과 난장이에 비교할 만하다. 그런데 이렇게 작은 댐 하나를 제거하는 데 드는 비용이 100억~180억 원 정도 든다는 것이다. 그런데 재미있는 것은 이 책의 저자가 제시하는 제거 방법이다. 그 방법에 따르면 그저 껌값 정도가 들 뿐이다. 그런데 도대체 왜 저렇게 어마어마한 돈이 든다고 주장하는 걸까? 아마 독자들은 벌써 짐작하고 있을 것이다. 맞다 그것이. 그러나 이 글의 주제에서 벗어나는 이야기이므로 더 길게 쓰지 않겠다. 궁금하신 분들은 재미있는 《문명의 엔드게임》을 읽어보시길!

　"그러니까 언젠가 댐을 철거해야 한다면 그 일 또한 어마어마한 일이 될 겁니다. 실제로 댐은 어마어마한 돈을 먹는 하마 같은 프로젝트죠. 그런데 그렇게 들인 돈만큼의 효과가 있느냐 하면, 그렇지 않습니다. 물론 그것을 계산하는 방법은 아주 복잡할 겁니다. 그런데 그동안 댐을 건설할 때 돈을 빌려주던 세계은행에서 이제 더 이상 빌려주지 않기로 결정했다고 합니다. 환경이나 생태의 관점이 아니라고 해도, 댐 건설은 거창하기만 할 뿐 속빈 강정이라는 것이 어느 정도 알려진 셈이죠."

　최근 자료를 보면 대체적으로 댐 건설에 대해 부정적인 내용이 많다. 물론 '좋다'고 말할 수 있는 댐이 전혀 없지는 않다. 그거야 당연하지 않은가. 모조리 다 나쁘거나 모조리 다 좋은 건 없을 것이다. 그러나 대체적으로 나쁘다고 말할 수 있다. 그것은 세계댐위원회의 보고서에 대한 설명을 보면 알 수 있다.

세계은행은 전 세계적으로 반대의 목소리가 높아지는 가운데 세계의 이목이 집중되고 있던 인도 나르마다 강의 댐 건설에서 자금 지원을 철회했다. 그리고 향후 나아갈 길에 대한 갈피를 잡지 못하자, 대형 댐의 득과 실을 파악하고 성공적인 댐 건설을 위한 기본 강령을 마련하고자 세계댐위원회를 조직했다.

세계댐위원회에서 나온 최종 보고서는, 온화한 표정의 넬슨 만델라와 좀 더 근엄한 얼굴을 한 세계은행 총재 제임스 울펄슨이 지켜보는 가운데 2000년 말 런던에서 발표되었다. 세계은행은 가장 신랄하게 비판을 했던 환경운동가들의 견해를 받아들였다. 위원회는 대부분의 댐들이 처음 선전한 것만큼 성과를 올리지 못한다고 말했다. 예산초과 비율은 평균 56%에 달했다. 예상 전력량에 훨씬 못 미치는 전기를 생산하는 수력발전 댐이 절반이나 되었다. 도시에 상수도를 공급하기 위해 건설된 댐의 3분의 2는 처음 약속한 양만큼 물을 공급하지 못했다. 그 중 4분의 1은 처음 홍보 책자에서 약속한 공급량의 절반에도 못 미쳤다. 관개농지를 조성하기 위해 댐을 건설하는 일도 별 소득이 없었다. 농지에서 필요한 관개용수의 35%도 공급하지 못하는 댐이 전체의 4분의 1에 이르렀다. 홍수방지 댐은 오히려 강 인근지역의 홍수 위험성을 더욱 증가시켰다. 최대한 전기를 많이 생산하기 위해 수위를 항상 높게 유지하기 때문이다.

게다가 댐을 건설하기 위해서는 엄청난 넓이의 땅이 필요하다. 그 땅은 한때 사람들이 살던 땅이다. 위원회의 보고에 따르면, 전 세계를 통틀어 최소 8천만 명에 이르는 농촌 인구가 집과 땅과 삶의 터전을 잃었다. 가나의 볼타 강에 아코솜보 댐을 지을 때는 8만 명이 쫓겨났으며, 이집트의 아스완 댐은 12만 명, 인도의 다마두르 댐은 9만 명, 남아프리카의 카리바 댐은 약 6만 명, 파키스탄의 타르벨라 댐은 9만 명이 넘는 인구를 내쫓았다. 도대체 무엇을 위해 이렇게까지 해야 할까?

내가 개인적으로 조사한 바에 따르면 아스완 하이 댐에서 물에 잠긴 땅 1헥타르에서 생산하는 전력량은 5킬로와트에 불과하다. 카리바 댐은 3킬로와트고, 아코솜보 댐은 겨우 0.9킬로와트의 전기를 생산한다. 이 댐들은 그나마 나은 편이다. 부르키나파소의 콤페잉가 댐은 헥타르당 전력 생산량이 0.7킬로와트며, 수리남의 브로코폰도 댐은 겨우 0.2킬로와트로 최악의 전력 생산량을 기록했다.

댐으로 인한 생태계 파괴도 심각한 수준이다. '사막을 녹지로' 변모시킨다는 처음 약속과 달리, 많은 댐들이 습지를 마르게 하고 농토에 염분을 운반하고 있다. 대부분이 댐에서 물을 공급받는 전 세계 관개농지의 4분의 1이 염분과 침수로 인한 피해를 입고 있다. 한편 오래된 댐의 10분의 1가량은 퇴적물이 쌓이면서 저수용량이 절반으로 줄었다. 이와 더불어 하류로 운반되는 퇴적물이 차단되면서 전 세계적으로 비옥한 범람원이 줄고 예외 없이 강둑과 삼각주, 심지어 멀리 해안선까지 침식이 일어나고 있다. 서아프리카 해안의 갯벌도 댐이 생긴 뒤로 사라져가고 있다.

(중략)

세계댐위원회 위원장인 카데르 아스말은 댐을 실패한 기술이라고 단정 짓지는 않았다. 그는 "여러 결함이 필연적인 것이 아니라 피할 수 있는 것"이라고 말했다. 앞으로 댐이 정당성을 얻으려면, 결함을 극복했다는 것을 증명하고 댐의 영향을 받는 사람들과 협의를 이뤄내야 할 것이다. 그러나 그렇다 해도 위원회의 보고서에는 지역마다 무시하기 어려운 여러 끔찍한 수리적, 정치적, 사회적 문제들이 너무 많이 발생한다는 사실이 드러난다. 이는 지난 50여 년 동안 세계에서 가장 거대한 건설산업 중 하나이자 어림잡아 2조 달러가 들어간 경제개발을 위한 세계적 전략의 토대에 대한 유례없는 맹비난이었다.

—《강의 죽음》, 225~229쪽

"그렇군요. 결국 댐에서 그런 도움을 받기도 어려운 거군요. 하긴 얼마 전에 최병성 목사가 쓴 책, 《강은 살아 있다》를 읽었는데, 그 책에 재미있는 자료가 있더라고요. 홍수에 따른 순위와 피해액이 나와 있는데 1위부터 7위까지가 모두 강원도였어요. 순서대로 보면 양양, 정선, 고성, 화천, 삼척, 양구, 철원이었습니다. 이들 가운데 양양, 고성, 화천, 양구, 철원 근처에는 큰 댐이 있습니다. 평화의댐, 소양강댐, 양양댐, 화천댐, 도암댐… 대충 이런 댐들이 기억나는군요. 이

것을 두고 댐 찬성론자와 반대론자의 해석이 다르겠다는 생각은 듭니다. 찬성론자는 그나마 그 댐들이 있어서 그만했다고 할 것 같고, 반대론자는 그런 댐이 있어서 오히려 홍수 피해가 컸다고 하겠죠. 그런데 위의 피해액은 어느 한 해의 피해액이 아니라 1970년부터 2003년까지의 누적 통계라고 합니다. 그러면 반대론자 쪽의 해석이 좀 더 합리적이지 않나 싶습니다. 앞에서 들먹인 댐들은 대개 1970년대에서 2005년 사이에 완공된 댐이거든요. 그러니까 댐이 있건 없건 홍수로 인한 최대 피해 지역인 것은 변함이 없는 셈입니다. 그리고 홍수 피해는 대개 산사태와 계곡의 범람 때문이라고도 하더군요."

다시 '빗물' 이야기로 돌아가자

"빗물 시설로 홍수와 가뭄 문제를 해결할 수 있는 방법을 말씀해주시죠."

"홍수라는 게 뭡니까? 비가 너무 많이 와서 생기는 문제죠. 가뭄이라는 건 뭡니까? 비가 너무 적게 와서 생기는 문제죠. 그러니 당연히 빗물을 잘 관리하면 그런 문제를 줄일 수 있지 않겠어요?"

"아, 그렇군요."(웃음)

"그뿐만이 아닙니다. 산불이 났을 때 좀 더 빨리 끌 수 있는 방법도 빗물 관리에서 찾으면 됩니다. 산의 적당한 곳에 적정한 규모로 빗물을 저장해두면 되거든요."

"빗물을 제대로 관리하면 '물'과 관련된 문제는 모두 해결된다는 말씀이군요."

"그렇죠. 지금까지의 물 관리는 주로 강을 중심으로 한 것입니다. 강을 막아서 댐을 만들고 그 댐을 통해서 수자원을 확보해서 홍수나 가뭄의 문제를 해결하려 한 것입니다. 상수도도 대개는 강물을 가져다가 정수해서 사람들에게 공급합니다. 산불이 나면 헬리콥터로 물을 실어 날라서 불을 꺼야 합니다. 그 물도 수돗물이니 강에서 가져온 거라고 할 수 있죠. 그런데 비는 강에만 오는 것이 아닙니다. 천지 사방 어디에나 내립니다. 요즘은 홍수가 나면 도시가 큰 피해를 입습니다. 그 이유는 간단합니다. 도시의 빗물은 어디에도 스며들지 못하고 빠르게 낮은 곳으로 흐르기 때문입니다. 그러니 도시의 하수도를 통해서 빠져나갈 수 있는 양보다 많은 비가 내리면 '낮은 곳'에서 홍수가 나죠. 이런 도시의 홍수 피해를 댐이 무슨 수로 막아줍니까? 도시의 홍수 피해는 댐하고 아무 상관도 없는 겁니다. 이런 점을 생각해보면 어디에나 쉽게 만들 수 있는 빗물 저장소가 홍수 문제를 해결하는 데 큰 도움이 된다는 것을 알 수 있습니다."

청와대에 연못을 만들면 홍수가 사라진다?

"그렇군요. 지난해 추석 무렵, 엄청난 폭우가 내려서 광화문 일대가 물바다로 변했잖습니까? 그런 경우에 어떻게 하면 피해를 줄일 수 있을까요?"

"좀 뜬금없는 소리처럼 들릴지 모르겠습니다만, 그때 광화문이 물에 잠긴 것은 청와대에 커다란 연못이 없어서 그런 것입니다."

"예? 무슨 말씀인가요?"

"다시 한번 더 생각해봅시다. 홍수라는 게 뭡니까? 비가 많이 내려서 생기는 일입니다. 정확하게 말하면 많이 내린 비가 높은 곳에서 낮은 곳으로 빠르게 흘러내려서 생기는 일입니다. 많은 양의 비가 몰려들어서 미처 다 빠져나가지 못하는 거죠. 그러니까 낮은 곳이 침수되는 이유는 '높은 곳의 빗물이 빠르게 흘러드는 것'이 하나의 이유고, '미처 다 빠져나가지 못하는 것'이 또 다른 이유입니다.

그러니까 지난 번 광화문 침수는 높은 지대에서 '빠르게 흘러내린' 빗물을 현재의 하수도 시설로는 감당하지 못해서 생긴 일입니다. 광화문이 물에 잠기고 나서 대책이 뭐냐고 관계자에게 물으니, 더 큰 하수도관을 심겠다는 것이었습니다. 비가 많이 오더라도 빠르게 빠져나가게 만들면 되지 않느냐는 거죠. 언뜻 들어보면 그럴듯합니다. 그러나 두 가지 문제가 있습니다. 첫째는 그러기 위해서는 엄청난 돈이 듭니다. 광화문 일대를 전부 파헤쳐서 하수도관을 큰 것으로 다 바꾼다고 생각해보세요. 물론 토목업자들에게는 좋은 일이겠지만요. 그러나 그런다고 문제가 해결되지 않습니다. 그 하수도관이 감당할 수 없을 만큼 더 큰 비가 오면 어떡할 겁니까? 다시 더 큰 하수도관으로 교체하나요? 또 광화문을 둘러싸고 있는 높은 지역이 더 많이 개발되면, 그 이후에는 적은 비가 와도 광화문으로 흘러드는 빗물의 양은 더 많아질 수 있습니다."

"광화문 근처에 아직도 개발되지 않은 곳이 있나요?"

"광화문을 둘러싸고 북쪽에는 북악산, 남쪽에는 남산, 서쪽에는 안산이 있습니다. 그 산들이 많이 개발되기는 했지만 여전히 녹지인 곳이 있습니다. 그러니까 만일 지금보다 녹지가 더 줄어들면 같은 양의 비가 내린다고 해도 광화문에 흘러드는 빗물의 양은 더 많아질 수 있다는 거죠.”

“아…, 예. 그렇겠네요.”

“늘 그렇듯이 원인을 해결하는 것이 좀 더 효과적인 방법입니다. 빗물이 빠르게 흘러들지 못하게 하는 거죠. 가장 좋은 방법은 적당히 높은 곳에 커다란 연못을 만드는 겁니다. 빗물이 그곳에 머무르게 하는 거죠. 그리고 새로이 개발될 때마다 일정한 규모의 빗물 저장 시설을 갖추도록 하는 겁니다. 그러면 비가 많이 내린다고 해도 낮은 곳으로 짧은 시간 안에 빗물이 한꺼번에 몰려들지는 않겠죠. 당연히 지금의 하수도 시설로도 감당할 수 있고요. 이렇게 하면 쉽고, 간단하게, 그리고 적은 돈으로 해결할 수 있습니다.”

“한 교수님 이야기를 들어보면 쉽고, 간단하면서도 합리적인 것 같습니다. 그런데 왜 그런 방법을 쓰지 않는 걸까요? 모르는 걸까요? 아니면….”

“전에도 말씀드렸지만 이건 새로운 패러다임입니다. 기존의 수자원 관련 책임자들이 쉽게 받아들이기 어려운 것이겠죠. 게다가 돈이 적게 드는 방법입니다.”

“돈이 적게 드는 방법을 정치권이나 기업에서는 좋아하지 않는다는 말처럼 들립니다.(웃음) 그런데 말씀대로 빗물 관리 방법이 바뀌면 서울의 모습이 정말 많이 달라질 것 같습니다. 단지 홍수 방지를 위해서 그런 변화가 필요하다고 하면 사람들이 받아들일 수 있을까요?"

"아닙니다. 제가 말씀드리는 빗물 저류지로서의 연못은 단지 홍수만 방지하는 게 아닙니다. 지금 서울 곳곳에 빗물펌프장이 있는데, 그 시설은 단지 홍수만을 위한 겁니다. 그저 많이 모인 빗물을 퍼내기만 하죠. 비가 많이 오지 않으면 아무 데도 쓸모가 없는 시설입니다. 그러나 연못은 그렇지 않습니다. 빗물펌프장과 달리 연못은 '적당히 높은 곳'에 위치해야 한다는 점이 중요합니다. 아시는 바와 같이 빗물펌프장은 낮은 곳으로 모인 빗물을 퍼내기만 합니다. 물론 빗물펌프장에서 퍼내는 그 물을 수자원으로 쓸 생각도 하지 않지만, 사실 쓰려고 해도 수질이 나빠서 쓸 수 없습니다. 그러나 높은 곳에 위치한 연못에 빗물을 받아두면 상당히 깨끗합니다. 필요하면 언제든지 쓸 수 있는 거죠. 게다가 연못은 그 바닥을 통해 땅속으로 물을 침투시켜 지하수를 보충합니다. 연못을 콘크리트로 바르지만 않는다면 정말 자연이 살아 있는 도시로 만들 수 있습니다. 엄청난 전기를 들여서 콘크리트 바닥 위로 물을 흐르게 만든 청계천과는 비교도 할 수 없습니다. 그러니까 이 연못은 단순히 물 문제만을 해결해주는 것이 아닙니다. 자연의 섭리를 거스르지 않고, 오히려 자연이 주는 선물을 잘 활용한 아주 훌륭한 방법이죠."

"그래서 청와대를 말씀하신 거군요.(웃음) 청와대가 앞장서서 그런 연못을 만든다면 다른 곳에 만들기는 쉬울 테니까요."

"그렇습니다. 저는 경회루의 그 큰 연못을 보면서, 그 연못이 그저 장식만은 아닐 거라고 생각했어요."

"홍수 방지나 수자원으로서도 역할을 했을 거라는 말씀이죠? 게다가 홍수나 가뭄과 같은 물 문제를 가늠해볼 수 있는 잣대로서도 기능했을 거고요."

"그렇습니다."

"제가 듣기로는 남산 한옥마을과 삼청동, 그리고 아차산에도 빗물 저류조가 있다는 이야기를 들었는데요. 그것들 때문에 충무로나 퇴계로, 안국동 쪽이 비가 많이 와도 침수되지 않는다고도 하고요. 이를테면 그런 기능을 말씀하시는 것으로 생각됩니다."

"그렇습니다. 그 빗물 저류조들이 홍수를 막을 수 있다는 것을 잘 보여주긴 했죠. 그러나 연못 형태로 만들었더라면 훨씬 더 좋았을 겁니다."

"연못과 지금의 저류조의 차이를 설명해주신다면요?"

"엄청난 전기를 사용해서 강제로 물을 흐르게 만든 청계천과 그 옛날 자연히 흐르던 청계천만큼이나 큰 차이가 있죠. 무슨 말이냐 하면, 저장조는 빗물을 받기는 하지만 그냥 빗물통입니다. 그 물이 땅으로 스며들어서 물이 자연스러운 순환 구조로 들어가게 하려면 연못 같은 형태라야 하는 거죠. 남산의 실개천만 해도 그렇습니다. 옛날에는 남산에도 자연히 흐르는 개천이 있었습니다. 그 개천은 선비가 갓끈을 빨았을 정도로 깨끗했고요. 그런데 '개발되면서' 개천이 점차 사라졌습니다. 저는 연못과 같은 형태로 빗물 저장 시설을 만들면 옛날의 바로 그 자연스러운 개천이 되살아날 거라고 생각합니다. 지금 남산의 실개천은 인공적인 청계천과 마찬가지 원리로 흐르고 있습니다. 서울시에서 나온 보도자료*를 보면 그 실개천에 '흘려보내는 물'은 계곡수, 빗물, 지하철 지하수라고 해요. 그 물을 하루 100t씩 여과·살균시킨 거고요. 그런데 저는 그 물의 대부분이 지하철에서 퍼낸 지하수일 거라고 봅니다. 그러니까 결국은 남산의 실개천도 엄청난 전기를 사용해서 강제로 흐르게 만든 개천이죠. 이 개천의 물이 전기로 흐르게 만든 억지 개천이라고 하면 서울 시민들이 어떤 반응을 보일지 궁금하군요."

"그러니까 그 말씀은 자연스러운 개천이 되살아날 수 있도록 빗물 저장 시설을 만들 수 있다는 거군요."

"그럼요. 그 옛날 남산에 개천이 있었다는 것은 그만큼 비가 내렸다는 이야기고, 그 비를 남산이 머금고 있다가 흘러내리게 했다는 뜻이 아니겠습니까? 그러니까 조건은 충분히 된다는 이야기죠. 또 한 가지 더 중요한 문제가 있습니다. 지금의 빗물 저류조는 하나의 단위가 너무 큽니다. 제가 늘 주장하는 것은 여러 곳에 작은 단위로 많이 만들자는 겁니다. 지금의 것은 대형 댐과 같은 방식으로 만든 것으로 보입니다."

"저장조와 연못의 차이가 얼마나 큰지 이제 이해가 됩니다. 그런데 아까 말씀하실 때 그 연못이 서울의 지하수를 보충해준다고 하셨는데요. 서울에 아직도 지하수를 쓰는 곳이 있나요?"

---

* 이상훈(물 관리국 물 관리정책과), 〈2010년 봄, 남산에 실개천 흐른다〉, 서울시 보도자료, 2009년 9월 8일. 서울시 홈페이지, http://spp.seoul.go.kr/main/news/news_report.jsp?search_boardId=3291&act=VIEW&boardId=3291

"물론 쓰는 곳도 있긴 할 겁니다. 그런데 서울과 같은 도시의 지하수 문제는 그 물을 사용하기 때문에 생기는 문제가 아닙니다."

"사용하지도 않을 물을 퍼올린다는 이야긴가요?"

"건물을 짓는 방법의 문제입니다. 이렇게 생각해보면 쉽습니다. 나무가 클수록 뿌리가 깊듯이 건물이 높을수록 지하로 깊이 파야 합니다. 깊어질수록 지하층 방수의 문제는 커집니다. 이를 위해 흔히 사용하는 공법은 지하 벽면 둘레를 막고 지하수를 한곳에 모아 펌프로 뽑아내서 하수도로 내보내는 겁니다. 생각해보세요. 서울에 있는 건물은 숫자도 엄청나겠지만 높기까지 합니다. 거의 모든 건물에서 이런 식으로 지하수를 뽑아내버리니 지하수의 수위가 내려갈 수밖에 없습니다. 지하수의 수위가 낮아지면 하천이 메마르고 생태계가 파괴되는 것은 당연한 이치죠. 이런 식이 계속되면서 시간이 흐르면 서울시의 지하수라인은 도시에서 가장 깊은 건물의 바닥과 같은 높이가 될 겁니다. 눈에 보이지 않아서 그렇긴 하겠지만 사람들은 스카이라인만 신경 씁니다. 지하수라인에는 관심이 없어요. 이 문제를 해결하려면 건물마다 지하수를 퍼올려서 빼내버리지 않도록 해야 하고, 지하수 방수를 좀 더 강화해야 합니다. 건물주 입장에서 보면 돈이 더 들겠지만 그건 당연히 해야 할 일입니다. 그래서 건물 때문에 지하수의 수위가 떨어지지 않도록 제도화해야 합니다. 이럴 때 안타깝게도 외국의 예를 들 수밖에 없는데요. 제가 베를린 시의 중앙역사 건설현장에 가본 적이 있습니다. 한국처럼 물을 다 뽑아내고 공사를 하는 것이 아니라 지하수 수위를 그대로 유지하면서, 잠

수부를 동원해 지하층을 짓더군요. 불편을 감수하면서 자연을 지키는 그들의 건설현장을 보고서 이런 점은 배워야 한다는 생각이 들었습니다. 지하수도 자연의 일부고 이를 마구 훼손시켜서는 안 된다는 사고방식이 있으니까 그런 가능한 방법을 찾아낸 거라고 봅니다. 지하철이나 터널에서도 엄청난 양의 지하수를 빼내고 있습니다. 물론 그 물을 수자원으로 생각하고 물 관리 계획에 적용하는 경우도 있습니다. 그러나 그 물이 갑자기 어디선가 펑펑 솟아나는 것도 아니고 아무리 퍼 써도 마르지 않는 화수분도 아닙니다. 지하철 위쪽 지층에 있던 지하수일 뿐입니다. 도시 전체의 지하수 수위가 떨어지고 하천의 물이 말라버리는 이유가 바로 이런 이유들 때문입니다. 도시의 지하에서 벌어지는 일을 사람들은 잘 모르고 있습니다. 그러면서 우리 모두가 지하에 빨대를 꽂아놓고 경쟁적으로 지하수를 퍼내 지하도로 버리는 데 직간접적으로 참여하고 있는 겁니다. 이런 사실을 아는 공무원들도 있어요. 그들의 말을 들어보면 서울의 지반이 내려앉는 것은 아닌지 겁이 날 때도 있다고 합니다."

지하철 때문에 퍼올리는 지하수의 양이 얼마나 엄청난지는《인간 없는 세상》에 아주 생생하게 묘사되어 있다. 서울도 이와 별반 다르지 않을 것이다.

하얀 안전모를 쓴 슈버는 초당 2,500ℓ의 천연 지하수가 솟구치는 모습을 살펴보고 있다. 그는 폭포를 이룬 물 너머로 잠겨 있는 무쇠 펌프 네 개를 가리킨다. 이 펌프들은 교대로 돌아가며 중력을 거슬러 물을 퍼 올린다고 한다. 만약 전기로 돌아가는 이들 펌프에 전력이 중단된다면 심각한 사태가 초래될 수 있다. 세계무역센터 사건 얼마 후 엄청나게 큰 이동식 발전기가 달린 비상 펌프기차가 뉴욕 메츠의 홈구장인 시스타디움의 27배에 해당하는 물을 퍼냈다. 이때 허드슨 강물이 뉴욕 지하철과 뉴저지를 이어주는 패스 기차 터널로 넘쳐흐를 뻔했는데 실제로 그랬다면 이 펌프기차는 물론 도시의 상당 부분이 버텨내지 못했을 것이다. (중략) 펌프질이 중단돼도 그냥 둔다면 어떻게 될까? "펌프 시설이 마비되면 30분 안에 지하철이 다닐 수 없을 정도로 물이 찹니다"하고 슈버는 말한다.

브라파는 보안경을 젖히고 눈을 비비며 말한다. "한 곳에서 물이 넘치면 다른 곳으로 쏟아지지요. 36시간이면 전부 물바다가 되어 버립니다."

비가 오지 않아도 지하철 펌프만 가동을 멈추면 며칠 안에 물바다가 될 것이라고 한다.

—앨런 와이즈먼/이한중, 《인간 없는 세상》, 랜덤하우스, 2007년, 43~44쪽

"멕시코시티는 지하수를 너무 많이 퍼올려서 쓰는 바람에 지반이 한 해에 15cm씩이나 내려앉고 있다고 하던데, 그런 일이 서울에서도 일어날 거라고는 상상도 못했군요. 그 유명한 과달루페 성당 사진을 봤는데 한쪽으로 확실하게 기울었더라고요. 그래서 무너지지 않도록 공사를 하고 있다고 하던데요."

"한국 지형의 특성상 그런 일이 일어나기는 쉽지 않을 겁니다. 그러나 지하수를 빼내고 보충해주지 않으면 서울에도 그런 일이 생기지 않는다고 장담할 수는 없죠. 그리고 지하수를 심하게 쓰는 나라들의 경우 그런 일이 빈번하게 일어나고 있습니다."

"그렇군요. 역시 강이나 지하수를 통한 물 문제 해결은 '지속 가능한 방법'이 아니군요."

"빗물만이 유일한 지속 가능한 방법이라고 생각합니다. 도시의 지하수 수위도 빗물을 잘 관리해서 지하에 스며들게 하고, 지하수 수위를 기록하고 관리하면 됩니다. 앞서 말했듯이 건물의 지하에서도 깨끗한 지하수를 빼내서 하수도로 버리지 못하게 해야 합니다."

마을을 돌아보고

학생들은 간이 빗물 시설을 설치하면서 문제에 부닥칠 때마다 한 교수에게 의논하러 왔고 한 교수는 하나하나 해결해주었다. 그때마다 나는 따라다니면서 현장을 지켜봤다. 그리고 작업 방식과 빗물 시설이 가진 뜻을 대략 이해한 다음 마을 구경에 나섰다. 두 시간쯤 마스크를 쓰고 걸어 다녔다. 이들은 어떻게 살고 있는지 궁금했다.

예상했던 대로 농사를 짓기도 하고, 가축을 기르기도 했다. 그리고 쌀국수를 만드는 '가내공장' 시설이 많았다. 물 사정은 예상했던 대로 엉망이었다. 개울물은 썩을 대로 썩어 있었고, 한국의 농촌에 가면 농사를 짓기 위해 물을 모아둔 둠벙처럼 생긴 작은 연못의 물은 깨끗해 보이지 않았다. 지하수는 앞에서 설명했듯이 비소가 아주 많이 섞여 있다. 이들이 무슨 수로 깨끗한 물로 농사를 짓고, 깨끗한 물로 밥을 지어먹으며, 깨끗한 물로 씻을 것인가. 여유가 되는 사람들은 병물을 사 마신다. 그러나 그건 어디까지나 소수일 뿐이다.

오물이 가장 많이 모이는 곳에도 가봤다. 끔찍하다는 말밖에 나오지 않았다. 마을을 둘러본 뒤, 한무영 교수에게 비용 문제를 물었다. 이 마을 전체가 안고 있는 물 문제를 '빗물'로 해결하려면 결코 적은 돈이 드는 일은 아니었다. 물론 다른 방법에 비하면 적게 들지만 말이다. 꽤 긴 시간 동안 이들은 어쩔 수 없이 이렇게 살아야 한다. 어쩌면 이렇게 살다가 비소 또는 다른 오염물질 때문에, 또는 알 수 없는 병으로 죽음을 맞이할 것이다. 이 모든 것이 물 때문이다. 빗물이 이들의 생명을 구해줄 수 있기를 간절히 바랐다.

한무영 교수 일행은 그곳에서 열흘 동안 간이 빗물 시설을 다섯 군데에 설치하고, 내내 일 이야기만 하다가 돌아왔다. 뜨거운 열기 속에서 익숙지 않은 노동으로 모두가 땀과 피곤에 절었다. 그렇게 아름답다는 하롱베이도 보지 못했고, 하노이 시내조차 구경하지 못했다. 하루 종일 서서 작업하고, 하도 많이 걸어서 발이 부어오른 사람도 있었다. 누군가가 다음 날을 위해 숙소 근처에서 발마사지를 받자고 했다. 나는 발을 맡기고는 잠이 들었다. 비몽사몽 깨어보니 낯선 곳이다. 지리적으로 공간을 이동한 여행이 아니라, 마치 어디론가 시간여행을 다녀온 것 같았다.

 한국에 돌아온 뒤 나는 깊은 산골로 귀
농한 친구에게 전화를 걸었다. 당연히 상수도가 없는 동네다. 보나
마나 지하수를 먹고 있을 것이다. 그런데 그쪽은 석회석 지대다. 물
에 석회석이 포함되어 있을 게 뻔하다. 어쩌면 불소화합물이 포함되
어 있을 수도 있다. 방사능 물질은 없을까? 수질검사는 해봤을까?
염려가 되었다.

"너희 지하수 마시지?"

"그래. 그런데 왜 갑자기 물 이야기야?"

"아니, 그냥 궁금해서."

"그렇지 뭐. 다른 방법이 없잖아."

"수질검사는 해봤니?"

"아니. 그런데 석회암 지대라서 석회석 성분이 있다는 이야기는 들
었어. 온 동네가 다 그러니까."

"지하수가 생각보다 좋지가 않더라."

"알고는 있어. 불소화합물 이야기를 하는 사람도 있기는 한데….""

"그러면 검사라도 해보지 그랬어?"

"검사해보면 뭐하니? 안 좋아도 다른 방법이 없는데. 그럴 바에는
그냥 모르고 먹는 게 낫지."(웃음)

"그게 말이야, 생각보다 아주 나쁠 수 있어. 불소화합물 이야기를
들으니까 더 그러네. 불소화합물이나 비소는 몸 안에 축적되었다가

나중에 발병하는 거라고 해. 외국에서는 난리더라. 지하수 때문에. 한국도 방사능 물질이 섞여 있는 곳이 제법 많고. 그러니까 꼭 수질 검사를 해봐.”

“그래…, 알았어.”

“그리고 빗물을 받아 먹으면 돼. 마시는 물은 빗물로 충분하거든.”

“안 그래도 빗물 이야기를 하는 사람이 간혹 있더라. 그거 정말 괜찮아?”

“그럼, 내가 지금 빗물박사님하고 인터뷰집을 준비하고 있잖아.(웃음) 인터넷에서 빗물박사라고 검색해보면 블로그를 찾을 수 있을 거야. 한번 읽어봐라. 물은 중요하잖아. 그리고 책 나오면 한 권 보내줄게.”

“그거 때문에 전화했어?”

“응. 지하수 문제가 심각할 수 있다는 걸 나도 이제 알았거든. 그러니까 사람들에게 알려줘야지. 보통 일이 아니잖아.”

“빗물에 대해서 생각해볼게.”

“빗물에 대해서라면 내가 좀 도와줄 수 있을 거야. 연락해.”

이 대화를 단지 나와 내 친구만의 일이라고 생각하지 않았으면 좋겠다. 내가 독자 여러분과 나누는 이야기일 수도 있다. 이 원고를 넘기는 날까지 그 친구에게서는 연락이 없다. 친구가 전화를 끊을 즈음 말끝을 흐리며 했던 말이 떠오른다.

“글쎄, 잘 모르겠다. 남들 하는 대로 하는 게 좋지 않을까 싶기도 하고…”

아무리 좋은 것이라고 해도 새로운 것은 쉽게 받아들여지기 어렵다. 그건 누구라도 마찬가지일 것이다. 받아들일 사람이 좋은 것임을 확신할 때, 그제야 받아들여진다.

라이샤 마을의 빗물 시설

한무영 교수와 나는 2009년에 빗물 시설을 설치해주었다는 라이샤 마을을 방문해보기로 했다.

"내년에도 이쪽으로 다시 오려고 해요."

그렇다면 3년째 같은 지역에 빗물 시설을 설치하는 셈이다.

"왜 같은 곳에 계속 오려고 하십니까? 다른 지역도 많을 텐데요."

"처음 두 번은 인도네시아의 반다아체라는 마을로 갔습니다. 쓰나미가 덮친 곳이었어요. 상수도관이 파괴되어 수도가 들어가 있는 곳도 수돗물이 공급되지 않았어요. 우물물이 있었지만 충분하지도 않았고 수질도 나빴습니다. 그렇다고 병물을 사 마시기에는 너무나 부담스러울 정도로 가난한 사람들이 사는 마을이었어요. 만일 그곳이 정치적인 문제로 우리가 갈 수 없는 상황이 되지 않았다면 그곳으로 계속 갔을 겁니다. 같은 지역으로 봉사활동을 나가는 데는 두 가지 이유가 있습니다. 우리가 가서 빗물 시설을 해주는 곳은 대개 아주 가난한 마을입니다. 그래서 교육을 제대로 받지 못한 사람들이 많아요. 빗물 시설을 설치해주고 사용 방법을 알려줘도 얼마나 잘 사용할지 알 수가 없습니다. 또 우리가 '좋은 물'이라고 아무리 이야기해도 그들이 좋은 물이라고 생각하지 않으면 소용이 없어요. 그러니까 우리가 좋은 것을 준다는 관점이 아니라, 그들이 좋은 것을 받는다는 생각을 할 수 있게 해줘야 해요. 그러려면 그들의 문화를 좀 더 이해하고 다가가야 합니다. 또 하나는 지금 우리가 설치하는 것은 빗물을 받아 쓸 수 있는 간이 시설입니다. 관리를 하지 않은 상태로 내버려두면 쓰지 못하게 될 수도 있어요. 그래서 유지·보수가 필요합니다."

"그러니까 그들과 소통하고 유지·보수를 위해 같은 곳에 가시는 거군요. 문화적인 문제와 소통, 그리고 빗물이 좋다는 인식을 가지게 해주려는 건 이해가 갑니다. 그런데 빗물 시설을 간이식이 아니라 붙박이로 만들어주면 안 되나요? 역시 돈 문제인가요?"

"아닙니다. 붙박이로 하려면 그들의 주거공간에 대한 이해도 있어야 하고, 그에 맞춰 설계를 해야 합니다. 아직은 그럴 수 있을 만큼 그들을 잘 알지 못해요. 그리고 그들이 빗물을 받아서 쓰겠다는 마음을 확실하게 가지는 것이 더 중요합니다. 그뿐만이 아닙니다. 이들의 주거가 일정하다고 볼 수 없는 경우도 있어요. 2007년 반다아체 마을에서 엄마 혼자서 아이를 키우는 집에 시설을 설치해준 적이 있습니다. 그런데 2008년에 가봤더니 집단 거주 시설로 이사를 갔더라고요. 당연히 빗물 시설도 없어졌고요. 아직은 빗물 시설에 대한 이해도 많이 부족하고, 붙박이를 설치할 주변 여건도 여의치 않습니다."

"한국뿐만이 아니라 세계적으로 빗물을 받아서 마신다거나 생활용수로 쓴다는 것이 그리 일반적이지는 않나 봅니다."

라이샤 마을에서 유일하게 간이 빗물 시설을 잘 사용하고 있는 원숭이집. 왼쪽 위 작은 사진이 우리를 반갑게 맞이해준 원숭이집의 할머니다.

"그렇습니다. 그런데 이곳 마을은 그렇지가 않아요. 옛날부터 빗물을 받아 쓰던 전통이 있었다고 합니다. 빗물 저장조의 형태나 빗물을 여과시키는 방식, 관리 방법 등에는 문제가 있지만 말입니다."

라이샤에 도착해서 마을회관으로 갔더니 많은 사람들이 반가이 맞아주었다. 지난해에 빗물 시설을 설치하면서 마을 사람들과 친해진 모양이다. 그런데 정작 한무영 교수의 얼굴빛은 그리 밝아 보이지 않았다.

"대부분의 시설을 철거했다고 합니다. 현재 쓰고 있는 곳은 한 집밖에 없답니다. 한 곳은 바람 때문에 부서졌다고 하고요. 가봐야죠.

어떻게 된 일인지.”

맨 먼저 유치원에 들렀다. 유치원에 설치해준 시설은 아예 철거해 버린 상태였다. 바람이 불어 연결관이 부서져 사용할 수가 없었다고 했다. 그곳은 공공시설이라 물에 대한 아쉬움이 크게 없어 보였다. 식수는 병물을 사 먹고, 생활용수는 지하수를 쓰고 있었다. 그리고 곧 수도가 들어오기 때문에 새로 설치할 필요도 없다고 했다. 다른 세 군데도 상황은 비슷했다. 부서졌거나 제대로 사용하지 못하고 있 었다. 그런데 원숭이집이라고 부르는 할머니 집에서는 빗물 시설을 아주 잘 쓰고 있었다. 그 할머니는 우리를 반갑게 맞이해주었고, 여 러 가지 과일까지 내놓았다. 우리는 빗물 탱크에 가득 담겨 있는 물 을 마셨다. 물맛이 좋았다. 과일을 먹으면서 한무영 교수가 말했다.

“이 할머니는 그때도 우리가 설명하는 것을 아주 잘 알아듣는 것 같았어요.”

결국 소통이 제대로 되지 않으면 좋은 물이 있어도 나쁜 물을 그 대로 마시게 된다. 물속에 비소가 들어 있다는 것을 알면서도 기존 에 해오던 익숙한 방식대로 생활하는 것이다. 무슨 일에나 생각을 바꾸는 것이 가장 중요하다.

7장

다랭이논과 촘항

호랑이 굴에 뛰어들다

다랭이논에 대한 설명은 사실과 다릅니다

제주도 촘항의 의미도 다시 새겨야 합니다

간절한 마음을 거듭 확인하다

한국으로 돌아온 뒤 몇 달이 지났다. 그동안 다른 원고를 마무리하고 이 책의 원고를 쓰던 중이었다. 한 통의 전화가 걸려왔다. 오랫동안 연락이 끊겼던 후배였다. 서점에서 우연히 내 책을 보고는 연락을 해왔는데, 요즘은 환경단체에서 활동가로 일한다고 했다.

호랑이 굴에 뛰어들다

"요즘은 누구랑 인터뷰하세요?"

"한무영 교수라고 빗물박사님이야. 그분하고 인터뷰집을 준비하고 있어."

"그래요? 혹시 내가 아는 그분은 아니겠죠?"

"글쎄, 빗물박사라면 다른 분은 없을 텐데…."

"4대강사업 홍보 동영상에 그분이 나온 것 같은데….”

"설마! 그럴 리가 있나.”

"글쎄요? 잘못 봤나…. 아무튼 홍보 동영상 한번 찾아보세요. 틀림없이 본 것 같은데….”

이건 중요한 일이다. 나는 전화를 끊자마자 4대강사업 홍보 사이트에 접속해서 동영상을 뒤졌다. 그곳에 한무영 교수가 있었다. 4대강 홍보 동영상에 아주 대문짝만 하게 사진이 났다. 환하게 웃는 한무영 교수의 사진 옆에는 그가 4대강사업에 찬성하는 듯한 메시지까지 쓰여 있었다.

"4대강, 빗물 관리로 물길을 머금어 안정적으로 흐르게 합니다.”

나는 곧바로 한무영 교수에게 전화를 했다.

"혹시 4대강사업 홍보 동영상 보셨습니까?”

"아뇨, 제가 그걸 왜 봅니까?”

"한 교수께서는 4대강사업에 찬성하시나요?”

나는 이렇게 물어볼 수밖에 없었다. 홍보 동영상의 내용이 너무나 충격적이었기 때문이다.

"아닙니다. 반대합니다.”

"반대하시는 이유는요?”

"강을 중심으로 한 물 관리 방법에 대해 제가 비판적이라는 건 강 작가도 잘 아시잖습니까? 그런데 갑자기 왜 그러십니까?”

"죄송하지만 다시 한번 설명해주세요.”

잠깐 동안 아무 소리도 들리지 않았다.

"한 교수님!"

"아, 예. 알겠습니다. 강을 중심으로 물을 관리하는 것은 일차원적인 것입니다. 손을 펴보세요. 손바닥을 펴보면 손금이 있잖습니까? 그 손금을 강이라고 보시면 됩니다. 비는 온 세상, 그러니까 손바닥 어디에나 내립니다. 그 물이 강에 모이기를 기다렸다가 다시 그 물을 사용하는 게 현재의 일차원적인 방식입니다. 이것이 얼마나 이상한지는 손가락 끝을 생각해보면 알 수 있습니다. 손가락 끝에도 비는 옵니다. 그런데 그곳에 내린 비는 강으로 흘러가게 내버려두고, 손금에 해당하는 강에서 다시 손가락 끝으로 물을 보내주는 겁니다. 만약 빗물 저장 시설을 만든다면 그럴 필요가 없죠. 지금 하고 있는 물 관리 방식이 이런 겁니다. 강에 물을 모아두려고 하니까 비가 많이 오면 강이 범람해서 홍수가 나거나, 강으로 빗물이 흘러가는 과정에서 저지대 침수가 일어나죠. 이런 일차원적인 물 관리는 아무리 잘해도 무리일 수밖에 없습니다. 현실은 사차원인데 일차원적으로 해결하려고 드니 무리할 정도로 거대한 토목공사가 필요해지는 겁니다. 그런데 이차원, 그러니까 면(面)적인 관리만 해도 이런 문제는 상당히 해결할 수 있습니다. 손바닥 전체에 작은 빗물 저장 시설을 많이 만들어두면 됩니다. 그러면 빗물이 강에 집중되지 않을 거고, 홍수와 가뭄에 쉽게 대처할 수 있습니다. 게다가 빗물을 받은 곳에서 쓰면 되니까 쓸데없는 에너지 사용도 훨씬 줄어듭니다. 그뿐만이 아닙니다. 상류와 하류의 주민들 사이에 갈등도 사라집니다. 거대한 댐을 만든다고 상류의 주민을 쫓아내지 않아도 됩니다. 그러나 그것만으로는 부족합니다. 삼차원적인 빗물 관리가 필요합니다. 빗물 저장 시설을 만들더라도 빗물이 지하로 스며들 수 있도록 만드는 겁니다. 그래서 지하수를 보충해야 합니다. 지하수가 채워지면 생태계가 다시 살아날 겁니다. 지금은 지하수를 너무 빼서 써버리고 보충하지 않아서 건천화가 일어나고 땅에 습기가 없습니다. 그러니 동식물의 생태가 옛날과 달리 엉망이 되는 겁니다. 여기에 우리는 사차원적인 물 관리 개념을 잊지 말아야 합니다. 물은 현재를 살고 있는 우리의 것만이 아닙니다. 후손들도 깨끗한 물을 사용할 수 있도록 배려해야 합니다. 세월을 두고 지속 가능한 물 관리 방식을 생각해야 하는 거죠."

"그러니까 한 교수님의 이론대로라면 4대강사업을 반대할 수밖에 없겠군요."

"그렇죠. 잘 아시면서 왜 자꾸 그러는 겁니까?"

"죄송합니다. 조금 전에 4대강사업 홍보 동영상을 봤습니다. 그 동영상에 한 교수님이 나오더라고요. 그 장면을 보면 마치 한 교수님이 4대강사업에 찬성하는 학자로 보입니다. 웃는 얼굴이 크게 나오고 그 옆에는 '4대강, 빗물 관리로 물길을 머금어 안정적으로 흐르게 합니다'라고 쓰여 있어요. 그리고 작은 글씨로 '국토 전체에서 물을 머금으면 지하수위가 높아져서 마른 실개천에 물이 살아나 생태계도 더욱 좋아질 것이다'라고 쓰여 있어요. 그리고 바로 다음 장면으로 이어지는데요. '보는 큰 물그릇을 만드는 일입니다'라는 내용입니다."

"정말입니까?"

"모르고 계셨나요?"

"4대강 개발에 대해 비판적인 말을 한 적은 많지만, 4대강사업이 빗물 관리의 한 방법이 된다는 말을 한 적은 없습니다. 게다가 그런 동영상에 제가 나온다는 이야기도 처음 듣습니다."

"제가 보기에 이건 좀 심각한 상황인 것 같습니다. 사람들이 한 교수를 4대강사업을 찬성하는 학자로 보겠어요."

"그건 안 됩니다. 지금 바깥인데요. 연구실로 돌아가는 대로 챙겨 보고 전화하겠습니다."

"예. 4대강사업 홍보 사이트에 들어가면 홍보 동영상이 있습니다."

그리고 두 시간쯤 뒤에 한무영 교수에게서 전화가 왔다.

"어떻게 된 일인지 이제 짐작이 갑니다."

"거기에 실릴 만한 상황이 있었다는 말씀인가요?"

"지금 연구실에 돌아와서 보니까 4대강사업 홍보 책자가 하나 와 있네요. 이것과 관련이 있는 것 같습니다. 제가 얼마 전에 청와대 홍보실에서 원고를 하나 청탁받았어요. 빗물에 대한 이야기를 써달라고 하더군요. 어떡할까 고민하다가 써서 보내줬습니다. 빗물 문제를 제도적으로 해결할 수 있으면 좋겠다고 생각한 거죠. 호랑이를 잡으려면 호랑이굴로 들어가야 하니까요. 그리고 한참 있다가 인쇄에 들어가기 전 마지막 교정을 봐달라고 연락이 왔는데, 보니까 제 글이 4대강사업과 관련 있는 것처럼 되어 있더라고요. 본문은 손을 대지 않았지만 제목이나 헤드라인 같은 것이 그랬어요. 그래서 그런 것은 다 빼도록 했고, 제목도 바꾸라고 했어요. 제목을 〈빗물에서 길을 찾다〉로 하도록 했죠."

"아, 그러니까 이게 홍보 책자에 들어가는 원고 때문에 시작된 거 군요."

"그런데 오늘 받은 이 홍보 책자를 보니까 이건 아주 심각하네요. 그리고 홍보 책자에 실린 것을 바탕으로 한마디 의논도 없이 홍보 동영상을 만든 겁니다. 홍보 책자에서 쓰인 사진을 그대로 썼군요. '4대강, 빗물 관리로 물길을 머금어 안정적으로 흐르게 합니다'라는 글귀도 자기네들 마음대로 홍보 책자에 써넣은 겁니다. 그리고 그걸 그대로 홍보 동영상에 썼고요. 그뿐만이 아니네요. 인터넷에서 검 색해봤더니 이 내용을 그대로 인터넷 홍보물로 만들어 퍼뜨렸는데, 인터넷에 유포한 웹페이지에는 없던 문장을 하나 덧붙이기까지 했 습니다."

"무슨 내용입니까?"

다랭이논에 대한 설명은 사실과 다릅니다

"남해 다랭이논 사진입니 다. 저는 다랭이논이 '높은 곳에 만들어둔 빗물 저장 시설'이라고 보 거든요. 이 논은 홍수를 방지하는 역할을 할 뿐 아니라 지하수를 공 급하는 아주 중요한 기능을 했습니다. 또한 논에 여러 민물고기가 살았죠. 그러니까 논은 단지 쌀만을 생산하는 곳이 아니었던 겁니 다. 자연생태와 어울려 사는 지속 가능한 삶의 방식이었던 거죠. 그 래서 저는 논농사를 짓는 농부에게 '물 문제'를 해결해주는 능력을

경남 남해군의 다랭이논. 논이 가지는 물 문제 해결 능력은 우리가 생각하는 것보다 훨씬 더 대단하다. 출처: 경남 남해군청

인정하고 정부에서 장려금을 주는 정책을 시행해야 한다고 생각합니다."

"아, 예. 저도 그런 이야기를 어디선가 읽은 적이 있습니다. 아마도… 허영만의 만화《식객》에서였던 것 같습니다."

만화《식객》의 〈제1화 어머니의 쌀〉 편에 이런 장면이 있다. 부모를 찾으러 한국에 온 제임스가 묻고 성찬이가 대답한 내용이다.

"쌀농사를 그만뒀을 때 쌀의 무기화 말고 다른 중요한 것은 뭔가요?"

"첫째, 쌀을 제외하면 우리나라 곡물 자급률은 10% 이하입니다.

우루과이라운드 협상 타결로 모든 농산물의 수입 개방이 된 상황에서 쌀은 우리의 식탁을 지키는 마지막 보루지요.

둘째, 벼농사는 홍수조절 기능을 합니다. 전국 110만ha의 논에 가둘 수 있는 빗물의 양은 36억 톤으로 춘천댐 총 저수량인 1억 5천만 톤의 24배나 됩니다. 홍수 피해 감소 효과를 금액으로 따지면 1조 5천 8백억 원. 논의 저수 능력을 댐 건설 비용으로 따지면 15조 5천 340억이나 됩니다.

셋째, 논의 지하수 저장 능력은 기존 저수지 저수량의 3~4배나 됩니다. 논물 가운데 45%가 지하로 저장되어서 국민들의 물문제를 해결해주죠. 이는 소양강댐 저수량의 8.3배, 전국민 수돗물 사용량 58억 톤의 2.7배로 어마어마한 양이지요.

넷째, 대기 정화 기능입니다. 벼는 지구상의 식물 중 가장 많은 산소를 공급하고 가장 많은 탄산가스를 흡수합니다. 산소 방출량을 금액으로 따지면 5조 2천 8백억….

다섯째, 한여름 대기 냉각 기능입니다. 여름철 전국의 논에서 대기로 증발되는 물의 양은 하루 8천만 톤입니다. 이것이 뜨거운 대기의 온도를 낮추어 줍니다."

—허영만, 《식객》 1권, 김영사, 2003/210년, 38~39쪽

혹시라도 만화에서 '인용'한 것을 보고 눈살을 찌푸린다면 뭘 모르고 그러는 것이다. 요즘 제대로 된 만화가들은 짐작만으로 스토리를 만들거나 대사를 쓰지 않는다. 만화를 물로 보지 말라는 이야기

다. 아, 아니구나. 물은 대단한 건데 왜 이런 말이 만들어졌을까. 이 말도 바꿔야 할 때가 되었다. 만화를 물로 봐야 할 때가 된 것이다. 아무튼 이 내용은 2001년 11월, 농촌진흥청 농업과학기술원 엄기철·윤성호 박사가 발표한 〈농업의 다원적 기능의 계량화 평가〉라는 논문에 실린 내용이다. 만화나 소설에는 인용 출처가 달리지 않는 것이 흠이라면 흠이다. 그러니 어디까지 믿어야 할지 알 수가 없다.

그런데 이 설명은 한무영 교수의 주장과 일맥상통하는 데가 있다. 한무영 교수가 이런 내용을 본 적도 없는데, 논에 대해 이런 생각을 했다면 대단한 직관력을 가진 것으로 생각할 수밖에 없다. 물만 생각하다 보니 물에 대한 통찰력을 가지게 된 것이 아닐까. 한무영 교수의 말이다.

"이런 종류의 설명은 많이 나옵니다. 이런 설명이 제 이론을 지지해주어 고맙게는 생각합니다만 제 생각에는 이 수치도 조금은 과장된 것이 아닐까 싶어요."

"어떤 면에서 그렇게 생각하시는지요?"

"모르긴 하지만 농촌진흥청에서 발표한 자료니 그쪽의 입장이 반영되었다고 봐야 하지 않겠어요?"

"예. 그렇게 볼 수 있겠네요."

"미묘한 문제니까 좀 더 자세하게 설명하는 게 좋겠군요. 제 말은 저 수치가 틀렸다거나 잘못된 것이라는 의미가 아닙니다. 저런 수치를 계산해내기 위해서는 어떤 상황을 조건으로 삼을 수밖에 없습니다. 그때 최선의 조건을 기준으로 계산했느냐, 최악의 조건을 기준으로 계산했느냐 하는 차이가 있을 거라는 말입니다. 만일 최선의 조건을 기준으로 계산했다면 실제보다 조금 과장될 수밖에 없지 않겠어요?”

“그렇군요. 그런데 저렇게 수치로 계산해서 설명해주니까 그냥 많다, 좋다, 하는 것보다는 좀 더 설득력이 있는 것 같습니다. 그렇지만 조금 과장된 것으로 생각하고 받아들여야겠군요.”

“물론 그런 효과를 얻기 위해 계산을 하고, 좀 더 구체적으로 보여주려고 하는 거죠. 그렇지만 늘 그런 숫자도 비판적으로 받아들일 필요가 있습니다. 그러나 조금 과장되었을 뿐이지 논이 엄청난 양의 빗물을 저장하고, 지하수를 보충하고, 자연생태계와 어울리는 ‘지속 가능한’ 삶의 방식임에는 변함이 없죠.”

제주도 촘항의 의미도 다시 새겨야 합니다

“한 교수께서 설명하시는 제주도의 촘항도 그런 것이잖아요.”

“그렇죠. 제주민속촌박물관에 가면 촘항이 있습니다. 우리 선조들도 빗물을 받아서 식수로 썼던 거죠. 빗물은 받아두었다가 불순물이 가라앉은 뒤에 식수로 쓰면 되거든요. 빗물은 이 세상에서 가장 깨끗한 물, 가장 배부른 물입니다. 가장 재미있는 물이기도 하고요.”

“가장 배부르고 가장 재미있다고요?”

“간단한 이야기입니다. 돈이 없어도 쉽게 갈증을 해소할 수 있는 물, 아픈 사람의 고통을 줄여줄 수 있는 물, 인간은 물론 자연에 있

제주도에서 빗물을 받아 쓰던 항아리. 촘항이라고 부른다. 제주민속촌박물관에 가면 볼 수 있다. 출처: 제주민속촌박물관

는 동식물을 풍요롭게 하며 번영을 안겨주는 물, 후손에게도 그러한 풍요를 보장해줄 수 있는 물, 그런 물은 빗물밖에 없습니다. 재료비나 운반비가 들지 않고, 처리비도 들지 않아요. 빈부귀천에 관계없이 누구에게나 골고루 떨어지기 때문에 갈등과 싸움의 소지도 없죠. 또 빗물은 누구에게나 공짜로 떨어집니다. 땅에 떨어지기 전의 빗물이야말로 가장 깨끗한 물이고요. 그런 빗물의 존재와 가치를 깨닫는 순간 모든 사람은 물 때문에 싸우지 않고도 잘 살 수 있다는 것을 깨닫게 될 겁니다. 이런 빗물이야말로 인류의 배를 가장 부르게 해주는 물이죠. 또, 재미라는 게 뭡니까? 대개 기가 찬 반전이 있습니다. 앞뒤 상황의 격차가 클수록 더 재미있죠. 빗물이 그렇습니다. 최

근 들어 기후변화 때문에 전 세계적으로 홍수 및 가뭄 피해가 극심하고, 그 때문에 곡물 가격이 상승하기도 하고 암투가 생기고 물 전쟁이 일어납니다. 그러나 빗물만 잘 관리하면 이런 문제들을 해결할 수 있는 실마리를 찾을 수 있어요. 물 문제는 너무나 어려운 것 같지만 빗물을 통하면 아주 쉽게 풀어나갈 수 있습니다. 그러니 빗물에 담긴 반전의 묘미가 큰 거죠."

"아, 예.(웃음) 재미있습니다. 빗물을 이용하는 사례는 다른 나라에서도 찾을 수 있겠군요."

"인류 역사가 얼마입니까? 살아오면서 빗물을 이용하면 좋겠다는 생각을 왜 안 해봤겠습니까. 인도나 중국 같은 곳에서도 오래전부터 빗물을 이용해왔습니다."

"그렇겠군요. 그런데 한 교수님의 설명에 따르면 다랭이논이 가지는 의미는 4대강사업에 반대되지 않나요? 그런 뜻이 담긴 사진에 도대체 무슨 글을 덧붙였다는 겁니까?"

"아, 제가 설명을 달아놓은 것은 간단합니다. '산의 경사면에 빗물을 모아 농사를 짓는 경남 남해군의 다랭이논'이었어요. 그런데 이 사람들이 어처구니없게도 4대강사업 홍보에 알맞은 글로 바꿔놓았습니다."

그 내용은 이랬다. "물 부족 문제 해결 방안은 강에 큰 물그릇을 만드는 것이다. 산의 경사면에 빗물을 모아 농사를 짓는 경남 남해군의 '다랭이논'은 작은 물그릇이다." 논은 절대로 작은 물그릇이 아니다. 춘천댐이 저장하는 양의 24 배를 담고 있고, 돈으로 따지면 15조 원이나 되는 양이다. 사실을 왜곡하고 있다.

"어처구니없을 만큼 다른 내용이군요. 그 사진으로 보여주려고 했던 의도와도 정반대의 내용이고요."

"그렇죠."

"한 교수께서 쓴 그 칼럼의 내용을 따져보면 4대강사업에 반하는 것으로 해석되는데, 그들은 그 내용을 제대로 이해하지 못한 것 같습니다. 예를 들면 촘항 사진 같은 것도 굳이 그 의미를 들자면 그렇잖습니까? 촘항은 제주도 사람들이 빗물을 받아 쓰던 도구잖아요. 그런데 이런 내용이 홍보 책자와 동영상으로 배포되고 웹페이지를 통해 알려졌다면, 이를 본 사람들은 한 교수를 4대강사업에 찬성하는 학자로 오해하겠습니다. 그렇다면 그걸 바로잡는 일은 쉽지 않을 것 같습니다."

"예. 그럴 것 같습니다. 일단 담당자들에게 제 입장을 전달하는 일부터 시작해야겠죠."

"사실 홍보 동영상의 사진들이 날조 조작된 것은 하나둘이 아닙니다. 잘 알려진 것 가운데 하나가 1986년 미국 시애틀의 두와미시Duwamish 강에서 독극물로 떼죽음을 당한 연어 사진입니다. 그것을 4대강사업 관련 사진처럼 사용했습니다.* 마치 한국의 강에서 물고기들이 죽은 사진처럼 묘사한 거죠."

---

* 김동현 기자, 〈정부, 또 '4대강 사진 조작' 파문〉, 뷰스앤뉴스Views&news, 2010년 5월 6일.

1986년 미국의 시애틀 두와미시 강에서 독극물로 떼죽음을 당한 연어 사진이다. 그런데 4대강 홍보물에서는 마치 한국의 강에서 물고기가 죽은 것처럼 사용되었다.

"아무튼 4대강사업에 찬성하는 사람으로 남을 수는 없습니다. 사람들과 싸울 수밖에 없다는 사실이 무척 마음에 걸리고 망설여집니다. 그럴 시간이 있으면 제 연구를 조금 더 하는 게 좋지 않을까 하는 생각도 들고요."

"마음은 충분히 이해합니다. 그러나 사실이 아닌 것은 분명히 밝혀야 하지 않겠습니까."

한무영 교수와 이런 이야기를 나눈 것이 2010년 9월, 추석 전이었다. 그 기간에 그는 국제 세미나가 열리는 몬트리올에 다녀왔다. 이후 그는 처음으로 '그쪽 담당자'를 만났고, 이어 4대강 살리기 추진본부와 수자원공사에서 나온 이들을 만났다. 그들은 책임감을 가지고 조치를 취하겠다고 약속했다. 하지만 그들의 조치는 매우 미흡했다.

간절한 마음을 거듭 확인하다

이런 상황에서 10월 28일과 29일에 〈낙동강 녹색 수변벨트 조성을 위한 국제 포럼〉이 열렸다. 한무영 교수는 그 포럼의 마지막 세션에서 '기후변화 적응을 위한 레인시티 확산'을 주제로 발표를 하고 진행을 맡게 되었다. 한무영 교수는 이 포럼에서 '빗물 체험관'을 설치했기 때문에 사람들이 빗물에 대한 생각을 바꿀 수 있는 좋은 계기가 될 것이라며 매우 기뻐했다.

나는 광명역에서 한무영 교수를 만났다. 국제물학회IWA 사무총장인 폴 라이터Paul Reiter, 일본의 무라세 박사, 중국 베이징 칭화대학의 관 윤타오 교수와 함께였다. 그들과 인사를 나눈 뒤 우리는 KTX를 타고 대구로 내려갔다. 포럼은 구미에 있는 금오산호텔에서 열렸다.

체험관에서 가장 인상 깊었던 경험은 블라인드 테스트였다. 수돗물과 생수, 빗물을 마셔본 다음 가장 맛있는 물을 고르는 행사였다. 시음 후 내가 고른 것은 '빗물'이었다. 옆에서 지켜봤는데 대부분의 사람들이 '빗물'을 선택했다. 한무영 교수는 사람들의 그런 모습을 보고는 아이처럼 좋아했다.

"서울대학교 안에서도 해본 적이 있어요. 그때도 수돗물 6표, 빗물 23표, 병물이 7표를 얻었어요. 빗물이 압도적으로 승리를 거뒀죠!"(웃음)

"그 어떤 처리 과정도 거치지 않은 순수 빗물인가요?"

"사실, 저는 아주 간단한 여과와 침전으로 충분하다고 생각합니다만, 마시는 물이니까 안전성을 생각하지 않을 수 없어서 멤브레인으로 한 번 더 정수한 겁니다."

"아, 멤브레인이라면 텔레비전에서 본 기억이 있습니다. 광주 어디 대학교였던 것 같은데, 멤브레인으로 하수를 정수해서 곧바로 그 물을 마시는 모습을 보여주던데요. 그래서 깜짝 놀랐죠. 하수를 저렇게 간단하게 마시는 물로 바꿀 수 있구나 했죠.”

“글쎄요, 그건 좀 문제가 있어 보입니다. 멤브레인은 화학적인 요소를 잡아주거나 그러지는 못합니다. 극도로 미세한 여과장치일 뿐입니다. 하수라면 어떤 화학물이 섞여 있을지 알 수 없는데, 그 물을 마시는 건 위험합니다.”

“그러면 빗물은요?”

“빗물은 아주 깨끗한 물입니다. 하늘에서 떨어진 거니까요. 요즘은 새로운 화학물질이 얼마나 많이 만들어지고 있는지 아무도 모릅니다. 알 수가 없으니 관리도 되지 않는 거고요. 그래서 지표수를 상수도의 수원으로 취수하는 데 문제가 있다고들 하는 겁니다. 사실 수돗물을 정수할 때 정해져 있는 50가지쯤의 체크 항목은 ‘아는 것’을 체크하는 것일 뿐입니다. 새로운 화학물질은 섞여 있는지 없는지도 확인할 길이 없습니다. 그런데 생각해보면 대부분의 물이 다 그렇습니다. 무엇이 섞여 있는지는 알 수가 없습니다. 그러나 빗물만큼은 그렇지 않습니다. 하늘에서 떨어진 것이니 원산지와 유통경로가 너무나 분명하잖아요.”(웃음)

“그렇군요.”

“빗물이 얼마나 깨끗한지는 처리되는 양을 비교해보면 금방 알 수 있습니다. 해수를 담수화할 때도 멤브레인을 씁니다. 그런데 해수를 담수화하면 해수의 대략 3%를 쓸 수 있습니다. 97%는 버려야 합니다. 반면, 빗물은 97%를 씁니다. 대략 3%만 버리죠. 엄청난 차이 아

닙니까? 이러니 제가 빗물을 저탄소 녹색 성장에 딱 맞는 물이라고
말하는 겁니다."

그런데 개회식 행사장에 들어갔더니 좀 어처구니가 없었다. 행사
제목이나 홍보물 어디에도 4대강사업이라는 글귀를 찾을 수 없었지
만, 분위기를 보니 4대강사업을 홍보하기 위한 행사였다. 나는 혹시
나 내가 못 본 것은 아닐까 하는 마음에 행사장 안팎의 현수막을 다
시 읽었다. 분명 〈낙동강 녹색 수변벨트 조성을 위한 국제 포럼〉이
었다.

조금 있으니 한무영 교수와 무라세 박사가 나왔다. 한무영 교수는
무라세 박사에게 "미안하다"고 했다. 이런 행사인 줄 몰랐다는 것이
다. 무라세 박사도 어처구니없어 했다. 이상한 개회식이라고 했다.

"내게는 레인시티 포럼 이야기만 했어요. 4대강사업 홍보를 위한
행사인 줄 몰랐어요. 미안합니다."

그것은 나도 알고 있는 사실이었다. 한무영 교수는 자신이 받은
프로그램 진행표 같은 자료들을 미리 내게 보내주었다. 그 자료들을
이미 다 살펴봤지만 4대강사업 홍보를 위한 포럼 분위기는 전혀 없었
다. 우리는 숙소로 돌아와 저녁 식사를 했고, 답답한 마음에 산책을
나섰다. 그 자리를 떠나는 것은 아무 때나 가능한 일이었다.

다들 착잡한 마음으로 이런저런 이야기를 나눴다. 특히 외국 학
자들의 발표 내용은 4대강사업을 지지한다고 볼 수 없는 내용도 많
았다. 폴 라이터의 기조연설도 물 문제에 대한 근본적인 이야기를 하
고 있었다. 그건 한무영 교수나 무라세 박사의 '빗물 이야기'도 마찬

가지였다. 오히려 4대강사업과는 정반대되는 내용들이었다. 나는 곧장 서울로 돌아가고 싶은 마음에 한무영 교수의 의견을 물었다. 그도 그런 심정이었던 모양이다.

"사실 아까는 곧바로 나와서 서울로 돌아가고 싶었는데, 그럴 수가 없다는 생각이 들었습니다. 무라세 박사나 관 윤타오 교수, 폴 라이터 사무총장은 제가 모신 분들입니다. 물론 이분들이 이 행사 때문에 한국에 온 건 아니지만요."

"아, 다른 일 때문에 오신 거군요."

"예. 이분들은 〈재난 위험을 줄이기 위한 아시아 장관회의The 4th Asian Ministral conference on Disaster Risk Reduction〉의 특별 워크숍 〈아시아의 지혜에서 배우는 기후변화에 대한 적응Learning from Asian Wisdom to Adapt Climate Change〉을 위해 오셨습니다. 그게 같은 날, 그러니까 28일 아침에 인천 송도에서 열렸거든요. 그리고 이분들은 한국 상황을 잘 모릅니다. 다만 IWA 활동에 대해 알릴 수 있는 장이라고 생각하고 참석한 겁니다."

"무슨 함정에 빠진 것 같군요."(웃음)

"내일 제가 맡은 레인시티 포럼만 하고 떠나는 게 어떨까요? 다른 건 볼 필요 없을 것 같고요. 아침에 일어나서 금오산 등산이나 할까 합니다."

그다음 날에 대해, 내가 이야기할 만한 것은 두 가지다. 하나는 한무영 교수가 KTV 기자를 만난 일이었다. KTV에서 포럼이 시작되기 전에 무라세 박사에게 인터뷰 요청이 있었다. 인터뷰는 짧았다. 기자는 곧바로 그 자리를 떠나려고 했다. 그를 한무영 교수가 붙잡았다. 나이로 치면 아버지와 딸 정도, 학문적인 권위로 치면 세계적인 학자와 학생 정도의 차이였다. 그러나 그는 체면치레 따위는 무시했다. 떠나려는 기자를 붙잡고 '묻지도 않은' 빗물에 대해 아주 길게 설명했다. 언론에서 물 문제를 제대로 다루려면 빗물에 대해서 알아야 한다는 것이었다. 함께 온 촬영기사나 진행자들이 모두 차에 탄 채 그 기자를 기다리고 있는 상황이었다. 그는 아랑곳하지 않고 그날 세미나에서 발표할 내용을 속사포처럼 쏟아냈다. 나는 그 자리가 참 어색하다고 생각했다. 그러나 그는 꽤 긴 시간 동안 기자와 이야기를 나눴다. 그 힘은 한무영 교수의 명쾌한 설명 때문만은 아닐 것이다. 그의 간절한 마음이 그 자리에 있는 모든 사람들을 붙잡았을 것이다. 나중에 나는 한무영 교수에게 이렇게 말했다.

"저 같으면 도저히 그러지 못했을 겁니다."

한무영 교수가 웃으면서 내 말에 답했다.

"그 사람은 한 개인이 아니라 기자잖아요. 수많은 사람들에게 무엇인가를 전달하는 게 그들의 일이니까요. 그러니 기회가 닿는 대로 설명해야 합니다. 어디서 이런 설명을 들을 수 있겠어요?"

맞다. 어디서 이런 설명을 들을 수 있겠는가. 이 말은 매우 중요하다. 한무영 교수가 빗물 전도사가 된 지 10여 년이 지났다. 그러나 아직도 빗물에 대한 오해는 풀리지 않고 있다. 아직도 비주류 또는 주변부 이론으로 취급받고 있다. 그러나 간절한 마음을 가진 이들은 비주류 또는 주변부라는 말에서도 희망을 찾아낸다. 프린지 페스티벌*이 그랬듯이. 인류의 문화가 발전해왔다면 그것은 늘 불가능한 소망을 현실에서 이뤄내려는 간절한 마음 덕분이었을 것이다.

두 번째는 빗물 포럼이 끝나자 금오공과대학교의 이승환 교수가 한무영 교수에게 다가와 인사를 청했다. 정말 인상적이었고 중요한 내용이었다며 저녁 식사를 함께하면서 더 많은 이야기를 듣고 싶다고 했다. 그 상황에서 그보다 더 반가운 제안은 있을 수 없었다.

"저는 빗물 관련 포럼을 들으려고 일부러 참석했습니다."

"아, 그러면 빗물 이야기만 들으셨어요?"

"그건 아닙니다. 제임스 골든James W. Golden(미국 UCSD 교수)이 발표한 〈미세조류를 이용한 바이오에너지 생산과 그 전망〉과 조너선 트렌트Jonathan Trent(NASA 미세조류 프로젝트 책임자)가 발표한 〈NASA 미세조류 프로젝트, 화석연료 대체 탄소중립 녹색에너지〉도 들었습니다."

"4대강사업과는 전혀 상관없는 세미나만 들으셨군요."(웃음)

저녁 식사 자리에서 많은 이야기가 오갔다. 이승환 교수도 '나눔

---

* 프린지 페스티벌의 프린지fringe는 주변부, 비주류라는 뜻이다. 비주류 축제는 1947년 스코틀랜드의 〈에든버러 국제페스티벌Edinburgh International Festival〉이 처음 열렸을 때 초청받지 못한 작은 단체들이 축제의 주변부fringe에서 자생적으로 공연을 열며 시작되었다. 하지만 지금은 오히려 에든버러 페스티벌의 중심이 되었다. 한국의 난타 공연도 이곳에 참가해서 좋은 반응을 얻었고, 해외로 진출할 수 있는 교두보가 되었다. 클래식의 주변부였던 로맨티시스트가 주류가 되는 변화를 이루어내듯, 변화의 주역은 늘 비주류였다. 비주류의 간절한 마음이 불가능한 소망을 이뤄내는 힘이다. 한국에도 서울프린지페스티벌이 있다. 1998년에 시작되어 2010년 13회가 열렸다.

과 기술'이라는 작은 단체를 운영하고 있으며, 저개발국가에서 깨끗한 물을 마실 수 있도록 봉사활동도 다닌다고 했다. 그런데 자기는 간단한 여과장치를 만들어서 보급하는데, 빗물이 있다면 금상첨화가 아니겠느냐는 것이었다. 앞으로 기회가 되면 함께하고 싶다는 의사도 밝혔다. 그리고 잘 만들어진 빗물 시설을 보려면 어디로 가면 좋은지도 물었다. 한무영 교수가 답했다.

"광진구 자양동에 있는 스타시티에 오시면 됩니다. 제가 그곳 주민이기도 하니, 구석구석 안내하면서 설명도 해드릴 수 있습니다. 실제로 외국에서 스타시티의 빗물 시설을 보려고 많이들 옵니다. 공중파 텔레비전에서도 여러 번 소개되었고요. 국제물학회의 회지인 〈Water21〉에서 커버스토리로 다룬 적도 있습니다."

나는 술을 거의 마시지 않는다. 그러나 몇 잔 마시고 얼큰하게 취했다. 한무영 교수를 보며 든 생각이다. '내가 하고 싶은 말을 끈질기게, 끝없이 하는 것' 그것은 무척 중요하다는 생각이 들었다. 그날 밤, 나는 제대로 잠을 이룰 수가 없었다.

그러고 한 달쯤 지났다. 나는 원고를 끝냈고, 한무영 교수도 내 원고를 읽었다. 그는 만족해했다. 나는 마지막으로 다시 한번 더 4대강사업과 관련된 한무영 교수의 입장을 확인하지 않을 수 없었다. 이 문제는 결국 그가 '호랑이굴로 들어가겠다'는 모험적인 판단의 결과기 때문이다.

"4대강사업 홍보물과 관련해서 마지막으로 선생님의 입장을 정리해주십시오."

"그들에게는 서울대학교 건설환경공학부 교수라는 타이틀과 박사 학위가 필요했던 게 아닌가 싶습니다. 그러니 제가 쓴 글의 본문 내용은 그다지 중요하지 않았을지도 모릅니다. 제목이나 헤드라인은 자기네들이 뽑아 쓰면 된다고 생각했을지도 모르고요. 그런데 저는 '물 관리의 중심'에 있는 사람들에게 빗물 이야기를 들려줄 수 있는 아주 좋은 기회라고 생각했어요. 그래야 물 관리의 패러다임이 좀 더 빠르게 변할 수 있을 테니까요."

나는 판에 박힌 질문을 싫어하지만 이 상황에서는 그러지 않을 수 없었다.

"앞으로의 계획은요?"

"제가 할 수 있는 것은 지속적으로 연구하는 일이고, 그 연구 결과를 세상에 알리는 것입니다. 본분에 더 충실해야겠죠."

"4대강사업에 관련해서 개인적인 이익을 본 것이 있는지요?"

"없습니다."

못다 한 이야기

1.

가상수Virtual Water라는 말이 있다. 물건 하나를 만드는 데 얼마의 물이 드는가를 수치로 나타낸 것이다. 예를 들면 쇠고기 1kg에는 1만 5497ℓ, 돼지고기에는 6,309ℓ, 닭고기에는 3,918ℓ의 가상수가 들어 있다. 우리가 즐겨 입는 청바지는 1만 1000ℓ, 면 티셔츠는 4,000ℓ다.

우리가 가진 청바지와 면 티셔츠에는 우즈베키스탄의 사라진 아랄 해가 담겨서 눈물을 흘리고 있을 수도 있다. 우즈베키스탄은 사막을 개간해서 면화를 재배했고, 세계 3위의 면화수출국이 되었다. 그러나 그 대가는 아랄 해였다. 그들은 면화에 아랄 해를 담아서 수출해버린 것이다.

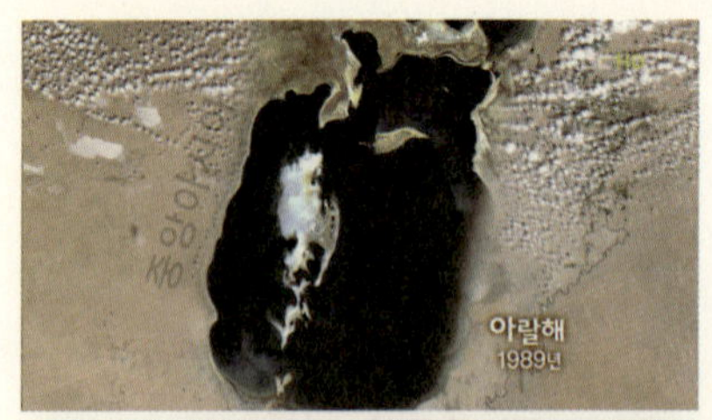

아랄 해는 1960년대부터 줄어들기 시작
했다. 1980년대에 40%가 줄어들었지만
그래도 1989년 위성사진을 보면 아직은
넓은 바다다. 그러나 2009년에는 거의
다 사라졌다. 맨 아래 사진은 사막으로
변한 아랄해에 버려진 배의 모습이다.
출처: 전주MBC특별기획 다큐멘터리,
〈물의 반란, Water Peak!, 물이 사라진
다〉, 2009년 11월 23일

우리가 먹는 쇠고기에는 오스트레일리아 농민의 눈물이 담겨 있
을지도 모른다. 오스트레일리아에서도 물은 사라지고 있다. 물을 구
하지 못하는 농민의 자살률이 매우 높은 곳이다. 그러면서도 오스
트레일리아는 세계 최대의 가상수 수출국이다. 한 해에 640억t을 수
출한다.

물론 가상수라고 해서 다 같은 가상수는 아니다. 한무영 교수의
설명이다.

"쌀을 예로 들어 보면 금방 이해할 수 있습니다. 캘리포니아 쌀과

한국의 쌀 모두 가상수는 비슷할 겁니다. 1kg에 3,500ℓ쯤 됩니다. 그러나 잘 생각해보면 그게 같은 가상수가 아닙니다. 캘리포니아의 쌀은 정말 피 같은 지하수를 퍼올려서 재배한 겁니다. 환경을 해친 가상수죠. 그러나 한국의 쌀은 빗물로 재배한 겁니다. 그 빗물은 홍수도 방지하고 지하수를 보충하며 환경을 살리면서 우리에게 쌀까지 만들어준 겁니다."

한무영 교수의 빗물 이야기를 들으면 결국 이런 생각을 하게 된다. '물 문제를 해결하는 방법은 매우 간단하다. 물에게 억지를 부리지 않으면 된다. 그저 물이 자연스럽게 순환할 수 있도록 하면 된다.' 세상사가 그렇듯, 쉽고 간단한 것이 진실에 가깝지 않을까.

2.

한무영 교수의 빗물 이야기는 대부분 물 문제와 관련된 현재의 상식을 뒤엎는다. 현대의 도시는 억지스럽게 설계된 물 관리 방법에 의해 유지되고 있다. 그러나 그는 자연스러운 물의 순환에 초점을 맞춘다. 그리고 그것이 지속 가능할 뿐 아니라 더 풍요로운 물 사용을 보장해준다고 말한다.

물론 그가 말하는 방식이 충분히 실현되지는 못했지만(새로운 상식이니까 당연하다), 그저 이론으로 그친 것은 아니다. 한무영 교수가 설계한 서울 광진구에 있는 주상복합건물인 스타시티의 빗물 저장 시설은 세계 최고의 빗물 시설이라고 한다. 그곳에는 지하에 3,000t 규모의 빗물 저장조가 설치되어 있다. 1,000t짜리 탱크 3개는 각각 그

서울대학교에서는 빗물 저장조를 설치해 생활용수로 쓰고 있다. 사진은 서울대 39동에 설치된 빗물 처리 시설의 계통도와 처리 과정(왼쪽 위부터 시계 방향)
① 39동 빗물 시설 계통도　　　② 빗물 유입 배관
③ 빗물 필터장치　　　　　　　④ 유량 측정 장치
⑤ 빗물 저장조의 맨홀　　　　　⑥ 빗물 공급 탱크

용도가 다른데 홍수방지용, 조경용, 소방용이다. 이 빗물 시설 덕분에 주민들에게 부과되는 공용 수도 요금이 한 달에 100원 정도밖에 안 된다. 당연히 팔당댐에서 가져다 써야 하는 물 몇만 톤도 절약했다. 게다가 상습 침수 구역이었던 이곳에 이제 더 이상 그런 일은 일어나지 않는다.

서울대학교에서 빗물 시설을 만들어 쓴 지도 꽤 오래되었다. 대학원 기숙사나 공대 39동에 빗물 저장조를 설치했고, 경제성이 있을 뿐 아니라 친환경적임을 증명했다. 지금은 빗물을 식수로 사용하기 위해 준비 중이다. 앞으로 신축되거나 개축되는 건물에도 빗물 시설을 만들어 서울대학교를 레인 캠퍼스Rain Campus로 만드는 게 그의 꿈이다. 2012년 경남 고성에서 열리는 〈공룡세계엑스포〉의 슬로건은 "하늘에서 내린 빗물, 공룡을 깨우다"로 정했다. 이 행사가 열리는 단지 내에서 쓰일 모든 물을 빗물로 자급하는 것을 목표로 시설을 하도록 제안했다.

한무영 교수가 제시하는 것은 완전히 '새로운 물 관리 패러다임'이다. 그런데 재미있는 것은 이 완전히 새로운 패러다임이 주변부에서부터 인정받고 있다. 2010년만 해도 두 번의 큰 상을 받았다. 한국에서 국가녹색기술대상을 수상했으며, 국제적으로는 IWA Project Innovation Award를 수상했다.

빗물을 버리는 대신 모아서 홍수나 가뭄 등의 자연재해와 물 부족을 방지하고, 또한 여러 창의적인 방법으로 빗물을 사용할 수 있도록 학술연구와 시범사업, 교육, 홍보 등을 수행해 대한민국 47개 시군에서 빗물조례를 제정하는 계기를 만들었다. 이 업적을 국제적인 물 전문가 집단에서 높게 평가한 것이다.

IWA에서 펴내는 학회지인 〈Water21〉에 한무영 교수와 관련된 빗물 이야기가 세 번이나 커버스토리를 장식했다. 〈인도네시아의 반다 아체〉와 〈베트남 하노이〉의 빗물 봉사활동에 관한 것, 그리고 〈스타 시티〉에 관해서였다.

이 정도면 주변부라고 말하기에는 무리가 있다. 그러나 굳이 '주변부'라고 말하는 이유는 기존 수자원 관리자들에게 아직은 그의 이론이 부분적으로만 받아들여지고 있기 때문이다. 그래서 우리는 아직 빗물의 세례를 받지 못하고 있다. 그러나 상식은 늘 주변부, 껍데기에서부터 깨진다.

3.

한무영 교수가 쓴 〈지구를 살리는 빗물〉이 중학교 2학년 국어 교과서에 실렸다. 2011년 새학기부터 학생들은 그의 글을 읽고 그의 이론을 배울 것이다. 이런 사실이 확정된 뒤 한무영 교수는 웃으며 말했다.

"내년부터는 비가 내릴 때 신세대와 쉰세대를 쉽게 구별하는 방법이 생길 겁니다."

"어떻게요?"

"비가 내릴 때 비를 맞지 않겠다고 허둥지둥 뛰어다니는 사람은 쉰세대고, 맞으면서 여유 있게 걷는 사람은 신세대죠."

글로 옮겨놓고 보니 펭귄도 추위에 떨 정도로 썰렁하다. 그러나 '지살비'가 상식으로 뿌리를 내리기 시작했다는 것이 중요하다. '지살비'는 "지구를 살리는 빗물"을 줄인 말로, 한무영 교수가 그렇게 부른다. 역시 썰렁하다. 그러나 참 잘된 일이다. 이제 중학교 국어 교과서에 실린 '지살비'와 고등학교 과학 교과서에 실린 '산성비'가 마주하게 되었다. 이 상반된 두 가지 상식이 공개토론장에 올라간 셈이다.

종이 커버_섬기카펫 130g/㎡ 표지_섬기카펫 210g/㎡ 본문_이라이트 80g/㎡

빗물과 당신

1판 1쇄 펴냄   2011년 4월 10일
1판 6쇄 펴냄   2016년 3월 14일

지은이   한무영 · 강창래
펴낸이   정혜인 안지미
기획위원   고동균
편집   성기승 정명효 박혜미
디자인   김수연 한승연
책임 마케팅   심규완
경영지원   박유리
제작처   공간

펴낸곳   알마 출판사
출판등록   2006년 6월 22일 제406-2006-000044호
주소   (우)121-869 서울시 마포구 연남로 1길 8, 4~5층
전화   02) 324-3800(판매) 02) 324-2845(편집)
전송   02) 324-1144
전자우편   alma@almabook.com
페이스북   www.facebook.com/almabooks
트위터   @alma_books

ISBN   978-89-94963-02-0 03810

알마 출판사는 아이쿱생협과 더불어 협동조합의 가치를 구현하기 위한 출판공동체입니다. 살아 숨 쉬는 인문 교양, 대안을 담은 교육 비평, 오늘 읽는 보람을 되살린 고전을 펴냅니다.